MARGIT HELGA HOSP

AUF FLACHEN SOHLEN AUF UND DAVON

...... und andere Geschichten

Impressum

Bibliografische Information der Deutschen Nationalbibliothek: Die Deutsche Nationalbibliothek verzeichnet diese Publikation in der Deutschen Nationalbibliografie; detaillierte bibliografische Daten sind im Internet über dnb.dnb.de abrufbar.

© 2017 Margit Helga Hosp
Cover/Autorenfoto © Margit Helga Hosp

Herstellung und Verlag:
BoD – Books on Demand, Norderstedt

ISBN 9783743163096

Alle Rechte vorbehalten

INHALT

Auf flachen Sohlen auf und davon	9
Sommer vor dem großen Knall	17
Der Deal	27
Über alle Mauern	33
Der unrühmliche Tod des ehrenwerten Herrn Major	37
Feuerheiße Sommertage	45
Am Fluss Inn's Leben	55
Bohrmaschine in der Hand und Stöckelschuhe an den Füssen	77
Glastrennwände ausverkauft	97
Reisetagebuch eines Provinzmädchens	111

AUF FLACHEN SOHLEN
AUF UND DAVON

Sie war sechzehn Monate alt. Der Vater war mit ihr beim Kinderarzt gewesen. Wieder zuhause, wollte die Mutter wissen, was denn nun los sei mit ihren kleinen Füßchen, die sie beim Gehen stark nach einwärts drehte. Amüsiert grinsend antwortete der Vater: „Nichts fehlt der Kleinen. Sie braucht neue Schuhe, ihre sind ihr viel zu klein und sie tun ihr weh, deswegen dreht sie die Füßchen nach innen". Die Schühchen des Mädchens waren ein Geschenk gewesen, von Vaters Chef zum ersten Geburtstag, beim „Haidegger" gekauft, dem teuersten Kindergeschäft in der Stadt. Fasziniert vom luxuriösen Geschenk hatte die Mutter nie bemerkt, welche Qualen die Schuhe dem kleinen Mädchen verursacht hatten. Dann müsse man eben neue kaufen, meinte die Mutter, worauf der Vater erklärte, das habe er schon getan und hielt ihr freudestrahlend eine kleine Schachtel hin. Die Mutter öffnete die Schachtel und zog unter dem weißen Seidenpapier zierlich kleine, knöchelhohe Lackschuhe mit zwei Riemchen zum Schließen hervor. Und, er habe sie der Kleinen auch schon anprobiert, sie passten wunderbar und seien doch so hübsch anzusehen, ob sie ihr denn nicht auch gefallen würden, versuchte der Vater den wütenden Gesichtsausdruck der Mutter zu beschwichtigen. Das sehe ihm ähnlich, keifte die Mutter, er sei wirklich zu nichts zu gebrauchen, so einen Firlefanz von Mädchenschuhen zu kaufen, wo doch das Baby im Stubenwagen ein Bub sei, dann könne man die Schuhe wegwerfen, wenn das Mensch nach ein paar Wochen wieder herausgewachsen ist aus den Lackschuhen und sie nicht für den Bub hernehmen. Der Vater hörte nicht mehr hin, er war es leid, das ewige Nörgeln. Wozu hatte er zwei Ohren? Beim einen hinein, beim anderen hinaus, es musste ja nicht zwischenlanden in seinem Kopf, das Gezeter, das ewige.

Sie war neun Jahre alt. Der Sommer kam und sie brauchte neue Schuhe, die von der Erstkommunion waren ihr viel zu schnell zu klein geworden. Es war das erste Mal, dass das Mädchen mitfahren durfte zum Schuhe kaufen. Bisher hatte sie immer die Schuhe ihrer Cousinen auftragen müssen, oder Mutter hatte einfach irgendwelche für sie besorgt. Passen haben sie müssen und billig sein. Ob die Schuhe dem Mädchen gefielen, interessierte die Mutter nicht. Und jetzt durfte sie mitfahren in die Stadt und Schuhe für sich aussuchen. Aber das Mädchen hatte sich geirrt! Die Mutter ging hinein ins Geschäft, vorbei an den Regalen mit all den hübschen Schuhen, schnurstracks auf die Verkäuferin zu. Das Mädchen blieb an einem der Regale stehen und sah den dunkelblauen Schuh mit der kleinen Spange, nahm ihn in die Hand und entdeckte mit Freude, dass er gar nicht teuer war. Diese Schuhe wollte sie haben, das würde Mutter sicher erlauben. Die Mutter kam mit der Verkäuferin, beladen mit einem Turm von Schachteln, zurück und hieß das Mädchen, sich hinzusetzen und die von ihr ausgewählten Schuhe anzuprobieren. An jedem Paar war etwas aus zu-setzen und zu nörgeln. Dem Mädchen war es einerlei, was die Mutter über all die Schuhe sagte, es war kein Paar dabei, das ihr gefiel. Aber plötzlich stand der blaue Schuh, ihr Schuh, vor ihren Füssen und die Verkäuferin ermunterte sie mit einem freundlichen Lächeln, ihn anzuziehen. Das Mädchen stand auf, ging ein paar Schritte umher, wie Mutter ihr geheißen. „Gefällt er Dir?" fragte die Mutter. Das Mädchen war vor Verzücken kaum fähig zu antworten und nickte nur heftig mit dem Kopf. Unerwartet stand die Mutter jedoch auf, ging zielstrebig auf ein Regal zu, nahm einen Schuh heraus, hielt ihn ihrer Tochter hin und befahl ihr, ihn am anderen Fuß anzuprobieren.

Das „Aber..." blieb dem Mädchen im Halse stecken, Tränen bahnten sich den Weg in ihre Augen. Artig schlüpfte sie in den ihr hingehaltenen Schuh. Mit einem klobigen, schwarzen Trachtenschuh, einem Haferlschuh, an dem einen Fuß, den heißbegehrten, zarten Spangenschuh am anderen, sah das Mädchen verwirrt zwischen ihrer Mutter und der Verkäuferin hin und her. „Den nehmen wir", zeigte die Mutter auf das Unding von schwarzem Trachtenschuh, „den kann, wenn er dir nicht mehr passt, dein Bruder auftragen, dann hat das Geldausgeben wenigstens einen Sinn gehabt". Das Mädchen kämpfte mit den Tränen, erwiderte jedoch kein Wort, weil sie wusste, dass es dann draußen vor der Türe dafür Prügel geben würde.

Sie war fast vierzehn Jahre alt. Sie ging am Rand der Straße zwischen Gehsteig und Fahrbahn durch den angehäuften Schnee. Sie schämte sich, schämte sich wegen der Schuhe, die sie anhatte und die sie im hohen Schnee zu verstecken versuchte, klobige, knöchelhohe Schnürschuhe, dunkelgrün mit einer Lasche aus abgewetztem Fell. Kein Mädchen musste solche Schuhe tragen, nur sie. Sie hatte neue Winterschuhe gebraucht, und eine Nachbarin hatte ihrer Mutter diese Schuhe für sie geschenkt. Die Schuhe waren altmodisch, hässlich und abgenützt. Alle ihre Freundinnen und die Mädchen auf der neuen Schule hatten schöne, modische, nagelneue Winterstiefel bekommen, nur sie nicht. Sie ging durch den tiefen Schnee, damit niemand ihre schrecklichen Schuhe sehen konnte. Sie wusste, dass die Nachbarskinder sie wieder verspotten würden, so wie immer, und sie würden ihr, wie schon so viele Male vorher, wieder nachrufen: "Hast Du das aus der Mottenkiste hervorgekramt?"

Sie war achtzehn Jahre alt, endlich mit der Schule fertig und hatte vor ein paar Monaten zu arbeiten begonnen. Sie verdiente endlich eigenes Geld und hatte sich davon drei Paar neue Schuhe gekauft, eines zum Arbeiten im Büro, eines für die Freizeit und ein elegantes Paar Pumps mit schmalem Absatz zum Ausgehen. Und sie hatte sich verliebt. Der junge Mann erklärte ihr schon nach wenigen Treffen: „Du kannst nicht immer in denselben Schuhe herumlaufen. Du brauchst unbedingt neue Schuhe, drei Paar sind zu wenig." Also kaufte sie Schuhe, passend zur jeweiligen Kleidung, passend zu jedem Anlass. Er sollte sich nicht schämen müssen mit ihr und ihren Schuhen, jetzt verdiente sie ja gut und konnte sich alle Schuhe kaufen, die sie brauchte. Am schönsten fand sie Schuhe mit Spangen oder Riemchen und mit höheren Absätzen. Sie war groß gewachsen und hatte schlanke, schöne Beine, da passten solche Schuhe wunderbar dazu.

Fünf Jahre später kaufte sie besondere Schuhe, weiße Schuhe, wunderschöne, an den Fersen offene Pumps aus echtem Leder. Sie brauchte sie zum langen weißen Hochzeitskleid. Ihr Bräutigam hatte ihr zwar ausdrücklich aufgetragen, flache Ballerinas zum Brautkleid zu kaufen, aber das wollte sie nicht, das fand sie hässlich. Sie kannte auch sonst niemanden, der zur Hochzeit flache Schuhe trug. Zwei Tage vor der Hochzeit verlangte ihr Bräutigam die Brautschuhe zu sehen und hieß das Mädchen sie anzuprobieren, damit er über-prüfen konnte, ob sie in den Hochzeitsschuhen ihn ja nicht überragen würde, schließlich war er nur einen Meter zweiundsiebzig groß und hatte sich extra für die Hochzeit Schuhe mit Plateausohlen gekauft. Die waren teuer, das sollte nicht umsonst gewesen sein. Das Mädchen hatte Glück gehabt, sie überragte ihren Bräutigam um keinen Millimeter und musste sich nicht wieder wegen unpassender Schuhe schämen.

Sie war fünfundzwanzig Jahre alt. Jetzt hatte sie endlich genügend Schuhe. Schuhe, passend für jede Gelegenheit, passend zu jedem Anlass, in jeder Farbe passend zum jeweiligen Kleid. Fast alles flache Ballerinas, damit sie nicht zu groß war neben seinen Eins-zweiundsiebzig. Zur Vorsicht ging sie mit leicht eingeknickten Knien neben ihm durchs Leben, damit sie ja nicht seine Eitelkeit verletzte und seinen Zorn auf sie herausforderte. Nach acht Jahren hatte sie genug von seinem Terror, seiner Lieblosigkeit und davon, dass er lieber einen Porsche haben wollte, als ein gemeinsames Kind. Hatte genug davon, dass er ihr vorschrieb, welche Schuhe sie tragen musste. „Und zieh ja nicht die hohen Sandalen an, so gehe ich nicht mit dir vor die Türe. Du hast doch neue rote Ballerinas gekauft, zieh die an, sonst bleibst du zu Hause", rief er ihr aus dem Bad zu, wo er schon seit einer Ewigkeit mit seiner Frisur und seinem seidenen Halstuch beschäftigt war. Stillschweigend zog sie die Sandalen wieder aus, nahm ihre neuen roten Ballerinas aus dem Schuhschrank und zog sie an. Ohne ein Wort und ohne dass er es bemerkte, öffnete sie die Türe und lief ihm einfach davon...

***

SOMMER VOR DEM GROSSEN KNALL

Weg, weg, weg! Seit Wochen habe ich immer wieder nur den einen Gedanken - weg! Weg aus dieser Beziehung, weg von all dem Wahnsinn, den ich einfach nicht mehr ertragen kann. Weg – aber wohin? In eine andere Beziehung? In eine andere Stadt? – Sinnlos, weil ich mich doch selbst dorthin mitnehme und weil Weglaufen einfach keine Lösung ist! Gerade das weiß ich am besten, dass Weglaufen keine Lösung ist. Es muss eine Lösung geben, bleiben zu können und das Positive behalten zu können, eine Lösung, ein Weg zu finden sein, mit dem Negativen umzugehen ohne es zu ignorieren oder hinunterzuschlucken. Hinunterschlucken geht nicht mehr, denn es kommt sowieso alles wieder hoch. In irgendeiner Form kommt es wieder hoch – entweder den direkten Weg, auf dem es hinuntergeschluckt wurde, oder auf dem Umweg von Krankheiten und Schmerzen. Und ich will nicht mehr kotzen, nicht mehr krank sein und keine Schmerzen mehr haben, nicht die Schmerzen, die der Körper hat, um zu signalisieren, dass die Seele Schmerzen erlitten hat und immer noch erleidet.

Nie wieder kotzen müssen, nur weil ich wieder etwas hinunter geschluckt habe, etwas, das einfach nur zum Kotzen ist.

Ich überlegte, wie ich wenigstens für einige Tage, eine Woche, ausbrechen könnte, woanders hin, irgendwo hin, wo ich mit nichts konfrontiert wäre, als mit Nichtstun, mit Sonne, mit Leben, mit Spaß an meinen Kindern – und dann bin ich, ich weiß eigentlich gar nicht wie, am Freitag hier auf dieser Insel gelandet.

„Wir hatten gar nicht vor, diesen Sommer irgendwohin zu fliegen. Wir wollten eine Woche in Italien verbringen, wie im letzten Jahr, und wir wollten zu viert fahren."

„Zu viert?"

„Du hast gedacht, ich wäre ganz allein mit meinen zwei Kindern, nicht wahr?"

„Ja sicher, wenn eine Frau mit zwei Kindern alleine im Urlaub ist, nimmt man an, es gibt da eben keinen Mann. Sonst wäre er doch mitgefahren. Warum ist er eigentlich nicht mitgefahren?"

„Ganz einfach, er wollte nicht. Unser letzter Urlaub ist irgendwie schief gelaufen. Er hat sich selbst überfordert – Urlaub mit zwei Kindern hat er sich wohl doch nicht so anstrengend vorgestellt. Für mich war es schrecklich. Er war zwar da, aber eigentlich doch nicht. Er hat den ganzen Tag am Strand geschlafen, ist immer wieder plötzlich verschwunden. Nie wusste ich, wo er hin ist und wann er wieder kommt. Seine einzige Möglichkeit, mit seinen Schwierigkeiten, die dieser Urlaub ihm gemacht hat, fertig zu werden, war eine riesige Distanz zwischen mir und ihm herzustellen. Für mich war das einfach nicht auszuhalten. Und da habe ich ihm heuer vorgeschlagen, dass ich mit den Kindern besser alleine wegfahre und wir beide dann im Herbst ganz alleine in die Toskana fahren.

Meine Kinder und ich beschlossen also, alleine nach Italien zu fahren. Natürlich war kein Zimmer mehr frei in dem Hotel, in dem wir unsere Urlaubswoche verbringen wollten. Plötzlich hatte ich auch keine Lust mehr, wieder in diesen Ort zu fahren und besorgte mir einige Reiseprospekte – einfach so, nur um zu schauen, was es an Angeboten gebe. Und da entdeckte ich dieses Hotel auf dieser Insel und dachte, das ist es, da möchte ich hin, das muss wunderschön sein, auch meine Kinder waren begeistert. Am nächsten Tag dann bin ich ins Reisebüro und habe Flugreise hierher gebucht, eigentlich viel zu teuer für uns, aber ich hatte das Geld auf dem Sparbuch und dachte, wer weiß, was nächstes Jahr sein wird. Irgendwie hatte ich das Gefühl, dass ich diese Reise unbedingt noch heuer, also in diesem Sommer machen müsste, so als wäre es die letzte Gelegenheit eine Flugreise zu machen. Ich weiß es nicht, ich kann es auch nicht erklären, ich musste einfach hierher fliegen, ich hatte keine Chance, es nicht zu tun. Irgendetwas trieb mich hierher. Ich weiß noch nicht, aus welchem Grund aber ich werde es sicher noch erfahren.

„Ich finde es auf jeden Fall sehr schön, dass ihr hier seid, und dass wir uns kennen gelernt haben. Ich wollte dich schon viel früher ansprechen, aber du hast nicht reagiert, als ich versuchte, Kontakt mit dir aufzunehmen, erst gestern Abend. Ich fand es total witzig, was du am Ende von diesem blöden Spiel „Männer gegen Frauen" gesagt hast, besonders dein Satz „Ich dachte, es gehe um Männer gegen Frauen? Kein Mensch hat gesagt, es geht um Männer gegen Blondinen", hat mir sehr gefallen."

„Ich weiß auch nicht, warum ich das so spontan zu dir gesagt habe. Aber ich war froh, dass du mir dann angeboten hast, mich zu dir zu setzen. Wir haben uns sehr gut unterhalten an diesem Abend."

Eigentlich war das noch nicht die ganze Geschichte, warum ich unbedingt hierher nach Ibiza kommen musste. Das hat sich schon viel früher abgezeichnet. Der Weg hierher hatte schon viel früher begonnen.

„In den letzten Wochen sind sonderbare Dinge passiert. Ich habe vieles gemacht, was überhaupt nicht in meiner Art liegt, es ist wirklich merkwürdig. Wie an jenem Tag, an dem ich vor diesem Schaufenster der Buchhandlung stand und, gelangweilt auf den Bus wartend, hineingeschaut habe. Plötzlich entdeckte ich ein Plakat, auf dem eine Lesung des österreichischen Autors G.B. angekündigt war. Ich rannte, ohne auch nur eine Sekunde zu überlegen, in die Buchhandlung, um mich zu erkundigen, ob der Autor selbst liest, ohne daran zu denken, dass ich ja schon etwas vorhatte für diesen Abend. Ich musste da einfach hin, obwohl ich der letzte Mensch bin, der sich Lesungen anhört, der irgendwo hinrennt, nur weil ein Prominenter dort auftaucht. Das hat mich nicht einmal als Teenager berührt, oder damals, als die Königin von England in Innsbruck war, oder gar der Papst, und wahrscheinlich außer mir ganz Innsbruck auf den Straßen. Und dann habe ich den großen Autor ganz einfach übersehen! Mein Mann musste mich erst darauf aufmerksam machen, dass ich an ihm vorbeigegangen bin. Als G.B. angefangen hat zu lesen, hat mich etwas total in seinen Bann gezogen. Nein, nicht vorrangig er als Mann, sondern das, was er sagte, über sein Buch, wie es entstanden ist, die Worte, die Sätze, die aus diesem Buch kamen. Ich konnte mir nicht erklären, was vorging, war wie gebannt, habe mir sogar gedacht, dass ich mir einbildete, er sehe mich geradewegs an. Was, mich ansehen? Ich spinne wohl, ausgerechnet mich.

Draußen fragte mich mein Mann, ob ich das Buch gerne haben wolle. Natürlich wollte ich! Ich musste doch wissen, wie dieses Buch weiterging. Um mich zu ärgern, weil er genau wusste, dass ich das hassen würde, war die Bedingung dafür, mir das Buch zu kaufen, dass ich es signieren lassen musste. Oh Gott, nicht auch noch das. Ich hasse solche Sachen. Sich mit einem Buch beim Autor anstellen, ihn anschmachten und um ein paar persönliche Worte bitten. So etwas Blödes! Aber ich wollte dieses Buch, und ich wollte es gleich. Also habe ich mich artig mit meinem Buch in der Hand angestellt und mich köstlich darüber amüsiert, wie jede einzelne der Damen den Autor anhimmelte und dieser, automatisch wie eine Maschine, seinen Namen unter „Für …" setzte. Ich habe mich mit meinem Buch in der Hand so lange vor dem unausweichlichen Signieren gedrückt, wie ich nur konnte. Es nützte nichts, ich war an der Reihe, und als ich artig meinen Namen nannte, sah mich der Autor vollkommen erstaunt an – als würde er mich wiedererkennen - und wiederholte meinen Namen: „Margit?". Frech, wie ich meistens bin, antwortete ich: „Woher das Erstaunen, ist mein Name wirklich so ungewöhnlich". G.B. stammelte irgendetwas von, er wollte sich nur vergewissern, ob er richtig gehört habe und schrieb in mein Buch, obwohl er in alle anderen seinen vollen Namen geschrieben hatte, ganz einfach „Für Margit – Gabriel". Was sollte das, wieso nur Gabriel? Was sollte dieser Blick, als ich meinen Namen genannt hatte. Ich glaubte, nun vollends verrückt geworden zu sein, nach allem, was im Zusammenhang mit dieser Lesung schon passiert war. Aber es kam fast noch schlimmer. Immer wieder fing ich einen eindringlichen Blick auf, konnte ihn mir nicht erklären, denn so hübsch bin ich ja nun auch wieder nicht, zumindest nicht auffallend in dem Kreis der anwesenden Mädchen und Damen, die teilweise auch noch viel jünger waren als ich. Also, was sollte das alles? Ich konnte es mir nicht erklären.

Schlimmer wurde das Ganze, als ich das Buch dann gelesen habe - gelesen ist gut, ich habe es fast verschlungen, konnte mich nicht davon trennen. Mir war, als würde jemand in seiner Sprache meine sicher nicht alltäglichen Gedanken verwenden und mit seinen Worten das ausdrücken, was ich glaube, es spielt sich nur in meinem Kopf ab, so etwas würde nur ich denken, so verrückt sei nur ich, ein anderer komme ja gar nicht auf die Idee, so etwas gedanklich zu konstruieren.

Ich habe dann eins nach dem anderen alle Bücher von G.B. gelesen und bei jedem war mir noch unheimlicher zumute. Was sollte mir das alles sagen, wohin sollte mich das alles bringen?

Du musst wissen, dass mich G.B. auch als Schauspieler immer ganz besonders fasziniert hat. Nein, nicht deswegen, weil er ein schöner Mann ist, nein, es war nicht die Faszination zwischen Mann und Frau, da war etwas anderes. Ich fragte mich immer, wer wohl wirklich hinter diesen Rollen steckte. Jemand, der so überzeugend spielt, muss doch irgendwo im Inneren so sein wie die Figur, die er spielt, sonst kann er das doch gar nicht so spielen. Ja, und dann habe ich im Fernsehen ein Portrait über G.B. gesehen, habe gesehen, wo er lebt und begriffen, dass die Insel, die er in seinem Buch beschrieben hat, Ibiza sein muss. In diesem Moment dachte ich überhaupt nicht daran, nach Ibiza zu fahren und schon gar nicht deshalb, weil G.B. dort lebt. Ich habe damals noch nicht einmal geahnt, dass diese Lesung, G. B. und Ibiza etwas mit meinem Urlaub zu tun haben könnten."

„Hat dich wirklich erst seit diesem Tag, an dem du vor diesem Schaufenster der Buchhandlung gestanden hast, alles schnurgerade hierher nach Ibiza geführt?"

„Ja, schon! ... Nein, da war noch etwas anderes! Vor vielen Jahren war in einer Zeitschrift ein Bericht über Ibiza. Ich war zwanzig Jahre jung und wollte unbedingt dorthin, unbedingt diese Insel sehen. Aber mein damaliger Freund wollte nicht und nach ihm auch niemand. Wie habe ich meine kleine Schwester beneidet, als sie einige Jahre später nach Ibiza geflogen ist. Irgendwann habe ich dann Ibiza vergessen, so wie ich viele meiner Träume und Wünsche einfach irgendwann vergessen habe".

„Nicht wirklich vergessen, nur aus den Augen verloren! Komm jetzt mit ins Wasser, es wird langsam zu heiß".

Oft noch denke ich an dieses Gespräch am Strand in Ibiza im August 2001. Ein paar Wochen später war der 11. September. Fliegen war nicht mehr wie davor, nichts war mehr wie davor, mein Leben auch nicht. Ich habe einen dicken Schlussstrich unter alles gezogen... und fand darunter all meine verloren geglaubten Träume wieder.

***

DER DEAL

Kaum ein Jahr ist vergangen seit dem Tod seines Großvaters, und er steht wieder an einem offenen Grab, innerlich schluchzend an seine Mutter gelehnt. Der Vater seiner Freundin ist mit dem Motorrad tödlich verunglückt, wurde ohne Vorwarnung viel zu jung aus dem Leben gerissen. Mitten im Kampf mit den Tränen, fragt er seine Mutter, warum er denn alle Menschen verlieren müsse, die ihm etwas bedeuten. Der Mutter verkrampft es das Herz, sie ist nicht fähig zu sprechen. Die Verzweiflung ihres Sohnes, ein starker junger Mann, ein Spitzensportler, geschüttelt vor Trauer mit den Tränen kämpfend, geht ihr tief unter die Haut. Wie gerne würde sie ihn in den Arm nehmen und trösten, wie sie es immer getan hat, als er noch ihr kleiner Junge war, dem irgendjemand irgendetwas angetan hatte, das ihn zum Weinen gebracht hatte. Aber das kann sie nicht mehr für ihn tun, nicht hier, inmitten der Menge trauernder Menschen, nicht hier und auch nicht mehr anderswo, er war jetzt ein Mann, nicht mehr ihr kleiner Junge. Jetzt konnte sie ihn nur, für die anderen unbemerkt, festhalten und ihren tröstenden Blick in seine Augen versenken.

Ihre Gedanken schweiften ein paar Monate zurück zu ihrem eigenen Vater, zurück ins Krankenzimmer im Spital, wo sie mit ihrem Sohn am Bett des schwer von Krankheit gezeichneten Großvaters stehen. Alle befürchten, dass er dieses Mal das Krankenhaus nicht mehr lebend verlassen wird. In hilfloser Verzweiflung betrachtet ihr Sohn seinen Großvater, versucht ihn mit irgendetwas aufzuheitern. Die beiden sprechen über Sport. Immer noch hört der Großvater interessiert zu, wenn er ihm über seine Vorbereitungen auf die in einigen Tagen stattfindende Staatsmeisterschaft erzählt. Stolz ist er auf seinen Enkel, auf die vielen Medaillen, die er schon gewonnen hat. Die Mutter spürt, dass irgendetwas im Kopf des jungen Mannes arbeitet, sieht ihn plötzlich lächeln, und er schlägt seinem Großvater vor: "Opa, weißt was, wir mach'n einen Deal. Ich g'winn am Sonntag die Goldene und wirst wieder g'sund und kommst nach Haus". Die Augen tränenfeucht vor Rührung, hört die Mutter die Antwort: „Ja Bua, des mach'n wir". Etwas wie ein Strahlen huscht über das von Krankheit und Schmerz gezeichnete Gesicht des alten Mannes. Er weiß, dass sein Enkelsohn das schaffen wird, er hat schon mehrere Tiroler Meistertitel, ist auch schon Österreichischer Meister in den Nachwuchsklassen. Sein sportlicher Ehrgeiz ist bewundernswert, will mit knapp zwanzig Jahren unbedingt den Staatsmeistertitel in der erwachsenen Klasse, diese Goldmedaille fehlt ihm noch, damit wollte es bisher einfach noch nicht klappen.

Der Bub hat es wirklich geschafft, hat seinen Teil des Deals erfüllt und mit einem Supersprung das ganze Stadion zum Jubeln gebracht. Die Mutter erinnert sich an die Freude und die Begeisterung in der immer noch so schwachen Stimme des Großvaters, als sie ihm am Sonntag spät am Nachmittag das Ergebnis am Telefon durchsagte und an den Besuch im Krankenhaus am nächsten Tag. Mit zittriger Hand hielt er ihr die Sportseiten entgegen: „Madl, der Bua is' in der Zeitung! Hast du des g'sehn?" Ja, sicher hatte sie das gesehen, sie hatte den Bericht ja selber an die Presse gesandt. „Er hat's wirklich getan, er hat die Goldene g'wonnen. Sakra, kannst stolz sein auf den Bua ". „Ja Papa, das können wir alle".

Zehn Tage später ist der Großvater dann tatsächlich wieder aus dem Spital nach Hause gekommen. Nichts ahnend von dem Deal, hielten die Ärzte es für ihr Verdienst, dass der Großvater wieder eine Schlacht im Kampf gegen den Krebs gewonnen hatte.

Aber das Leben ist grausam, mit ihm gibt es keinen sportlichen Wettkampf, nicht wirklich einen Deal. Der Großvater hat eineinhalb Jahre später den Kampf gegen die Krankheit dann doch verloren. Gegen den Tod kann man nicht gewinnen, er schert sich nicht um Leistung, Rekorde und Medaillen, er schert sich nicht um Günstlinge.

Die Freundin hat der Bub seinem Großvater nicht mehr vorstellen können, hat ihn auch nicht mehr damit überraschen können, dass sie die Tochter seines ehemaligen Arbeitskollegen ist, der den gleichen Vornamen hat wie der Großvater und sich auch wie er jede Minute seiner Freizeit für Sport engagiert. Das hätte ihn gefreut, den Großvater.

Die Gedanken der Mutter kehren wieder zurück neben ihren innerlich schluchzenden Sohn, der nicht verstehen kann, dass er wieder jemanden verloren hat, der ihm wichtig war. Der Vater seiner Freundin, fasziniert und begeistert von dem Bub, dessen Charme, dessen hilfsbereiter Freundlichkeit und sportlichen Elan, war tot. Der Mann, selber Vater von drei Töchtern, der ihn geschätzt und geliebt hat wie einen eigenen Sohn, liegt hier vor ihnen im Sarg am offenen Grab. Es schüttelt den jungen Mann immer noch vor unterdrücktem Schluchzen, und wieder fragt er seine Mutter: „Wieso, wieso?". Aber die Mutter weiß keine Antwort, sie drückt ihm gefangen in ihrer eigenen Verzweiflung nur fest die Hand.

Einige Jahre sind jetzt seit dem Begräbnis vergangen. Der Bub ist zu einem starken jungen Mann geworden, der seine Freundin und die Mutter mit seinem Liebreiz und seiner Lebensfreude über die schlimmste Zeit der tiefen Trauer getragen hat. Der Deal mit dem Großvater hat ihn zum Meister gemacht, war der Anfang einer Gewinnerserie. Neben all den nachfolgenden Medaillen und Meistertiteln hat er vor allem Zeit gewonnen durch den Deal. Zeit, die sein Großvater noch hatte, um die größten Erfolge seines Enkels mitzuerleben. Zeit zu staunen darüber, dass es sein Enkel war, der es fertigbrachte, plötzlich Höhen zu überspringen, die Jahre lang kein Österreicher mehr fähig war zu überwinden, einen Tiroler Rekord zu brechen, der vierundzwanzig Jahre lang unangefochten bestehen konnte. Die sportlichen Erfolge hat er inzwischen eingetauscht gegen unbeschwertes Jungsein, gegen einen exzellenten Universitätsabschluss und vor allem gegen mehr Zeit für Freundin, Familie und all die Menschen, die ihm wichtig sind.

Der Deal hat den Großvater nicht unsterblich gemacht. Aber dennoch lässt der Deal manches ewig leben: die sportlichen Erfolge des jungen Mannes, festgehalten in den Statistiken und Bestenlisten, die Erinnerung an die beiden Männer, die er verloren hat, in den Herzen derer, die sie so schmerzlich vermissen und schlussendlich sich selbst, niedergeschrieben in dieser Geschichte.

***

ÜBER ALLE MAUERN

Wieder einmal hält sie diese Ansichtskarte in ihren Händen. Darauf abgebildet ein lieblicher, tief verschneiter Ort in einem schmalen, hochgelegenen Tal, umringt von den massiven Mauern hoher Berge. Nicht ihnen gilt ihre Aufmerksamkeit. Ihr Blick weilt versonnen auf der Burgruine am linken Bildrand. Aus den felsigen Überresten der einst so stolzen Ritterburg ragt vollkommen unversehrt nur mehr der massive Turm auf einem kleinen Hügel über den Ort. Es ist die Burg ihrer Ahnen und mit dem Tal verbindet sie noch heute derselbe Name. Ihre Gedanken schweifen all die vielen Jahrhunderte zurück, tauchen ein in das lange schon vergangene Leben des adligen Rittergeschlechts innerhalb der Burgmauern, schrauben sich, einer Spirale gleich, durch die vielen Generationen vor ihr wieder zurück in die Gegenwart.

Sie schüttelt sich, gleichsam um all die Gedankengespinste loszuwerden. Schaudernd stellt sie fest: Sie haben die Mauern mitgenommen, als sie die Burg bei Nacht und Nebel zum Schutz ihres

Lebens verlassen mussten. Haben alle Menschen ihre Mauern mitgenommen aus den Tälern ihrer Vergangenheit und sie über viele Generationen hinweg bewahrt? Die Mauern rund um deren Leben. Ein Leben voll von über viele Jahrhunderte eingemauerten Regeln, festgeschrieben vom uralten Geist der Konventionen, Traditionen, Gebräuche, der Sitte und des Anstandes. Hinter den Mauern, verborgen vor dem Blick der Anderen, werden Familientraditionen von Generation zu Generation weitergegeben. Der Vater betrügt die Mutter, der Sohn seine Ehefrau; Mütter hassen ihre Töchter, Väter ihre Söhne; geschlagene Eltern schlagen ihre Kinder, selbst einst missbrauchte Menschen missbrauchen ihrerseits wieder kleine Kinder. Der Ort an dem sie leben, verkommt zu einer Geisterstadt. Nicht die ruhelosen Seelen ihrer Verstorbenen haben sich hier eingenistet, sondern ein Gespenst, das jeder spürt, keiner sieht. Jedoch langsam bekommen alle davor Angst. Kaum bemerkt durch das Gefangensein in den urpersönlichen Mauerfluchten hat sich allmählich dieses Gespenst eingeschlichen und spukt in allen Ecken und Enden der Menschengebäude, poltert lautstark herum, lässt Wände erzittern und keinen Stein auf dem anderen bleiben.

Das Gespenst der Weg-werf-Gesellschaft und des schnellen Geldes, kurzlebiger Schrott ist der neue Geist! Gebäude halten nicht einmal mehr ein halbes Menschenleben lang. Egal, drei Jahre hält alles, und danach geht es niemanden mehr etwas an, außer den Menschen, die darin wohnen und denen das Spukgespenst „Geld-woher-nehmen" den Schlaf raubt. Das Gespenst, das alles zuerst verschlampen und dann abreißen lässt, um aus Profitgier etwas Neues zu bauen, das dann sowieso in ein paar Jahren in sich zusammenfällt, weil es viel zu schnell und billig aus dem Boden gestampft wurde. Und all die Menschen merken nicht, dass sie eingeschlossen sind in den alten Mauern von Nicht-Hinsehen, Nicht-darüber-reden, Nichts-spüren, also Ist-da-nichts. Und sie merken auch nicht, dass ein weiterer Geist von Ihnen Besitz ergriffen hat. Ein Geist, welcher, angegeben in Prozenten, hämisch von den Etiketten der Flaschen lacht, aus denen sie sich zuschütten und auch noch den letzten Rest ihres Verstandes vernebeln.

Sie legt das Bild aus der Hand und lächelt. Sinnloses Hoffen auf etwas, das nie kommt, nährt Sehnsüchte und hält sie am Leben, füttert Träume, bis sie platzen oder zu Alpträumen werden. Ihr war es gelungen, die Mauern der Familientraditionen zu durchbrechen. Sie hat all die sinnlosen Hoffnungen begraben und beweint. Sie hat ihren Schmerz in Tränen ertränkt und ihren Träumen Flügel gegeben zum Abheben hinweg über alle Mauern. Das Heim, das sie für ihre kleine Familie geschaffen hat, ist keine Burg, und es hat keine undurchdringlichen Mauern, es ist ein kleines behagliches Nest über dem der Geist von Geborgenheit, Verständnis, Liebe, Geduld und Freiheit weht.

***

DER UNRÜHMLICHE TOD
DES EHRENWERTEN HERRN MAJOR

Lina hört ihre Begleiterin etwas fragen, während sie rundum schaut in dem Café, das über einen ihrer Lieblingsplätze verfügt. Auf einem kleinen hölzernen Sockel steht in einem deckenhoch verglasten Erker ein kleines rundes Tischchen mit zwei Stühlen, mehr hätten hier auch nicht Platz. Zum Lieblingsplatz macht ihn die Aussicht auf einen Innenhof, eine grüne Insel inmitten des Trubels der Großstadt, die Tische und Stühle eingerahmt von üppig wuchernden Pflanzen. Schon heute, am Tag mit dem viel zu früh gefallenen ersten Schnee, sind sie bestückt mit vielen kleinen bunten Lichtern, die wirken, als sollten sie die Blüten ersetzen, die noch vor kurzem in die warme Sonne lachten. Auftauchend aus den Betrachtungen durch die Glasscheibe, nimmt Lina die Frage, ob es ihr jetzt wieder gut gehe, erst richtig war und antwortet: „Ja, es geht mir wieder gut, aber ich fühle mich wie ... Kennen Sie die Situation, wenn man gerade einem schrecklichen Unfall ausweichen konnte? Dieses Gefühl mal zehn, so fühle ich mich jetzt". Linas Begleiterin legt ihr lächelnd die Hand auf den Arm und nickt zustimmend. „Ich kann mir jetzt vorstellen," fährt Lina fort „wie sich die Menschen fühlten, als vor siebzig Jahren im Radio die Meldung kam, der Krieg sei zu Ende. Es ist vorbei, ja, der Krieg ist aus, jetzt ist er wirklich aus."

Ob es ihr jetzt wieder gut gehe, habe ich Lina vor ein paar Minuten gefragt. Ich bin ihre Schutzbegleitung, vorübergehend auserkoren zu ihrem Schutzschild gegen ihre Familie, einem Schutzschild gegen die Gewalttaten in dem Krieg, den ihre Familie gegen Lina geführt hatte, seit das Gerücht aufgetaucht war, sie sei nicht ihres Vaters leibliche Tochter. Dieses unheilvolle Gerücht, das seit ihrem zweiten Lebensjahr durch ihre Welt kursierte und von dem sie selbst zum ersten Mal hörte, als sie gerade sechzehn Jahre alt geworden war. Zehn Jahre später habe ich sie über eine gemeinsame Bekannte kennengelernt, fand sie sofort sympathisch, spürte aber auch, dass hinter der Fassade der erfolgreichen jungen Frau ein unsagbarer Schmerz versteckt sich hielt. Erst nach und nach gelang es mir, ihr Vertrauen zu gewinnen, und sie begann, mir zu erzählen von der Pein, die sie all die vielen Jahre aushalten musste. Und sie erzählte von ihrem Urgroßonkel Franz, dem angesehenen Doktor der Philosophie, dem hoch dekorierten Herrn Major a.D., der in beiden Weltkriegen gedient hatte und in russischer Gefangenschaft gewesen war. Und sie erzählte mir von seinem mit wertvollen Stilmöbeln, Bildern und Kunstgegenständen eingerichteten Haus, umrundet von einem riesigen Obstgarten, in dessen Mitte ein Meer von edlen Zuchtrosen seinen Duft verströmte. Lina erzählte mir, wie wohl sie sich in dieser Umgebung bei all der mit ihr verbrachten Zeit und ihr entgegengebrachten Aufmerksamkeit gefühlt hat, und wie der zweiundachtzigjährige Onkel Franz sich fürsorglich ihrer Erziehung und Schulbildung annahm, sie Algebra, Grammatik, Geschichte und Schachspielen lehrte, ihr sogar Klavierspielen beibrachte. Sie erzählte von ihrem allerersten Zirkusbesuch - natürlich in der ersten Logenreihe - und der Eisrevue, zu der sie der Onkel eingeladen hatte, von den ersten neuen Eislaufschuhen und dem wunderschönen roten Fahrrad, das er ihr gekauft hatte. Sie erzählte irgendwann auch vom Preis, den sie dafür zu zahlen hatte. Regelmäßig nach den ihr gewährten Zuwendungen kam vom Onkel die Aufforderung: „Geh jetzt hinauf ins Bad, wasch dich und leg Dich aufs Bett, ich komme gleich nach" und Lina wusste, was jetzt kam. Der Preis für die mit ihr verbrachte Zeit, die Aufmerksamkeiten, Zuwendungen und Geschenke war ihr elfjähriger

Körper gewesen. Heute weiß ich, dass Lina, ohne das Wissen um mein erfolgreich absolviertes Psychologiestudium, mir das alles nicht erzählt hätte. Damals wusste ich instinktiv nur, dass ich sie auf keinen Fall zu einer weiteren Therapie drängen durfte. Sie brauchte Freundschaft und sie brauchte Vertrauen, gleichzeitig aber war ihre Angst vor zu viel Nähe zum Greifen spürbar. Nie trafen wir uns in ganz privater Umgebung, nie war sie versucht abzugleiten in die verbindende Anrede „Du". Wahrscheinlich war Lina nur so fähig, mir alles bis zum Ende zu erzählen. Erst nach beinahe drei Jahren fanden ihre Aufenthalte im noblen Haus des vornehmen Onkels ein jähes Ende. Lina hatte nicht gewusst, dass auch noch sechs andere Mädchen regelmäßig den Herrn Major besuchten, eines hatte wohl zu Hause etwas erzählt und die ganze Sache flog auf, verursachte einen riesigen Skandal. Einen Tag vor der Verhandlung vor dem Strafgericht hat sich der Herr Major mit einem Fläschchen Kupfervitriol dem Urteilspruch des Richters entzogen. Er selbst hatte über sich Gericht gehalten und als einzig gerechte Strafe für sich und seine unverzeihlichen Schandtaten den Tod erachtet. Erst viele Jahre später hatte sich dann herausgestellt, dass Linas Mutter und auch noch einige andere weibliche Verwandte sehr wohl Bescheid gewusst hatten über den feinen Herrn Major. Ich glaube, es kam Linas Familie gerade recht, das Gerücht, sie sei nicht die leibliche Tochter ihres Vaters. So konnten sie den „Schandfleck der Familie", wie Linas Mutter ihre Tochter kurz nach dem Auffliegen der ganzen Sache genannt hatte, ohne weitere Schuldgefühle aus der Familie ausgrenzen und gegen sie Krieg führen.

Lina hatte ihre Bekannte gebeten, sie heute Nachmittag als Vertrauensperson zum Notar zu begleiten. Immer noch hatte sie Angst vor ihrer Familie, ihren schon öfter gegen sie gewalttätig gewesenen Brüdern. Deren Gewaltausbrüchen und verbalen Attacken fühlte sie sich alleine nicht mehr gewachsen. Immer noch führte die Familie gegen Lina diesen sinnlosen Krieg, dessen letzte, sie wohl endgültig vernichten sollende Schlacht heute, im Streit um ihres Vaters Erbe, den Höhepunkt fand in den Worten von Linas jüngerer Schwester: „Es ist schon eigenartig, dass du da überhaupt mitreden willst, wo du doch gar nicht Papas Tochter bist".

Diesen Satz dröhnend im Kopf, stolperte ich aus dem Besprechungszimmer, ohne noch ein einziges Wort zu sagen. Ich ließ sie zurück mit dem von Vater hinterlassenen kleinen Vermögen und der

Ungewissheit, wer ich wirklich bin, wessen Kind ich wirklich bin. Ich selber wusste es schon seit einiger Zeit, mein Vater auch. Einige Wochen vor seinem Tod haben wir alte Fotos gefunden. Vater mit einundzwanzig Jahren, ein großer schlanker schöner junger Mann in der schmucken Uniform eines Gendarmen, ich, portraitiert als Achtzehnjährige und beim Schifahren mit einundzwanzig. Auf allen Fotos die gleiche Art, den Kopf zu neigen, der gleiche Gesichtsausdruck, die selbe Mimik, die gleiche Art die Stirn kraus zu ziehen, der gleiche gelangweilt schmollende Mund, die gleichen Augen, die Brauen darüber leicht hochgezogen – unverkennbar ein Gesicht, unverkennbar Vater und Tochter. Warum hatte das bisher niemand gesehen. Niemand hatte gesehen, selbst mein Vater nicht, dass ich die einzige unter den Geschwistern bin, die ihm als junges Mädchen wie aus dem Gesicht geschnitten war. Sie hatten mich in ihrer blinden Wut angegriffen, ausgegrenzt, zutiefst verwundet und verletzt.

Nur, weil ihre Mutter nie wirklich wusste, von wem sie damals ihr erstes Kind empfangen hatte, begann sie, einen Krieg gegen Lina, ihr eigen Fleisch und Blut, zu führen. Jetzt hat sie beide verloren, den Mann, der sie so sehr geliebt hatte, dass er sie sofort heiratete, als sie schwanger war und ihre Tochter Lina, die der eigentliche Anlass für diese Ehe war. Jetzt war Linas Vater tot, jetzt hatte Lina keinen Anlass mehr, an den Kriegsschauplatz Familie zurückzukehren. Die durch die Angriffe in den verlorenen Schlachten verursachten Wunden würden verheilen. Es würde dauern, und die Narben wohl ewig sichtbar bleiben. Sie fühlte sich auch nicht mehr schuldig an dem, was im Haus des Onkels geschehen war. Viele Jahre lang hatte sie geglaubt, es wäre ihre Schuld, dass sich der Onkel Franz das Leben genommen hat. Damit hat er ihr ja immer gedroht und sie so für seine Zwecke gefügig gemacht. „Wenn Du irgendjemandem erzählst, was ich mit mache, dann holt mich die Polizei und ich komme ins Gefängnis und bevor ich ins Gefängnis gehen muss, bring ich mich um" Und dann hat er ihr die kleinen Fläschchen auf dem Regal im Keller gezeigt mit der blauen Flüssigkeit drin und der Aufschrift „Kupfervitriol" Der Freitod des Herrn Major war das Eingeständnis seiner großen Schuld. Lina war frei, endlich frei.

Inzwischen war es draußen dunkel geworden, unzählbar spiegeln sich die Lichterblüten in den Glasscheiben der Erkerfenster. Lina lässt ihren Blick wieder zurückschweifen zu ihrer Begleiterin und fragt: „Stimmen Sie mir zu, wenn ich behaupte, dass meine Mutter, auch wenn sie mir das Leben schenkte, nicht das Recht hatte, dieses zu zerstören und meine Seele für immer zu verkrüppeln? „Ja, auf jeden Fall tu ich das!" „Und finden Sie nicht auch, wir sollten uns nach all den vielen Jahren endlich duzen?" „Ja, das sollten wir, das sollten wir unbedingt, endlich nach so langer Zeit" .Und L i n a l ä c h e l t...

***

FEUERHEISSE SOMMERTAGE

Übel ist ihr, unglaublich übel. Schon das vierte Mal torkelt sie aus dem Bett, die Hand vorm Mund, alles dreht sich. Wie kommt sie nur rechtzeitig zur Klomuschel, damit das ganze Unheil nicht am Boden landet? Gerade noch geschafft, hängt sie mit dem Kopf über der Schüssel, Tränen laufen ihr übers ganze Gesicht. Wie kommt sie da wieder weg, so schwach und zittrig, die Kloschüssel festhaltend, weil vielleicht so das Karussell endlich stehenbleibt? Nein, nicht betrunken ist sie, hat ja nur ein halbes Glaserl getrunken, gestern bei dem Treffen mit der hohen Politik. Die Brötchen, ja das konnte es sein, waren die nicht in Ordnung? Aber dann wird es lustig, dann gibt das eine Massenspeiberei, nicht auszudenken wäre der Skandal, wie peinlich, ein Buffet mit verdorbenen Brötchen. Da war doch alles dabei, was Rang und Namen hat in der hohen Landespolitik, sogar der neue, junge Bundesminister – und dann verdorbene Brötchen am Buffet? Na, Prost Mahlzeit, das gäbe einen Skandal. Kurz flackerten diese Gedanken auf, dann ist sie schon wieder fort geglitten in ohnmachtsgleiche Schwärze.

Weit weg hört sie irgendwann ihr Handy läuten, ist kaum fähig abzuheben. Ihre Tochter will sie etwas fragen, steht dann plötzlich vor ihr, sagt andauernd, Mama du gehörst ins Krankenhaus, bist ja schneeweiß im Gesicht. Nein, nein, nicht ins Krankenhaus will sie, das waren doch nur die Brötchen, das ist doch nur Montezumas Rache. Morgen ist das wieder gut, brabbelt sie vor sich hin, und wieder versinkt alles rund um sie in tiefe Schwärze. Vier Sanitäter stehen plötzlich wie hergezaubert rund um ihr Bett, einer sagt, das sei sicher kein verdorbener Magen, untersuchen sie, messen Blutdruck und Puls, ziehen sie dann an, fragen, ob sie laufen könne. Nein, laufen kann sie nicht, natürlich nicht, Wieder wird alles schwarz in ihrem Kopf, dazwischen mischen sich Fetzen von Stimmen und Gedankengewirr. Jemand setzt sie in einen Stuhl, drei junge kräftige Burschen tragen sie irgendwo hin. Die Rettung fährt, wieso so schnell, wieso so lange? Innsbruck ist doch nicht so weit weg. Was machen die nur für ein Theater, denkt sie, das ist doch nur so eine vierundzwanzig-Stunden-Speiberei, morgen ist wieder alles weg, wie ein Spuk, alles wieder gut und vorbei. Zwischendurch kommt wieder der schwarze Nebel, und dann geht alles so schnell, Blutabnehmen, EKG, Ultraschall. Nein, sagt jemand, das ist kein verdorbener Magen, das waren nicht die Brötchen vom Buffet, das ist das Herz. Schlimm schaut es aus, da bleiben muss sie im Krankenhaus, ein paar Tage wohl, oder länger.

Na toll, und draußen hat endlich der Sommer begonnen. Endlich ist Sommer und zwar heftig, mit einer Hitze wie im Süden, wie im Urlaub. Gleißende Hitze seit Tagen, mitten in den Bergen, so ungewohnt, dafür sind die Tiroler nicht gemacht. Heiß war es gestern schon den ganzen Tag, dreiunddreißig Grad hat es noch, als sie um neunzehn Uhr aus dem Zug steigt am Bahnhof in Telfs. Ob sich das überhaupt ausgeht? Um halb acht fängt die Veranstaltung an. Dass es laut Google nur fünfzehn Minuten Fußweg sei bis zur Thöni Akademie, bezweifelt sie. Vorsichtshalber fragt sie jemanden, der neben ihr aus dem Zug gestiegen ist. Nein, das geht sich nicht aus, wenn sie schnell gehe oder laufe, schaffte sie es vielleicht doch in fünfundzwanzig Minuten. Oje, schnell gehen oder laufen, das wird schwer. Gut geht es ihr nicht, schon seit Tagen ist sie viel zu schwach und dauernd wird ihr schwarz vor Augen. Ach was, wird schon gut gehen, denkt sie und läuft los. Schon nach ein paar

Metern wird ihr der Atem kürzer, laufen Wasserperlen über ihre Stirn und schön getuschte, lange Wimpern in die Augen. Schon über zehn Minuten ist sie unterwegs, die Sonne knallt unbarmherzig vom strahlend blauen Himmel, kein Schatten bietet sich zum Schutze an. Noch einmal fragt sie nach dem Weg. Ja, wenn sie sich sehr beeile, könnte sie es schaffen, dort droben, ob sie die Schrift sehe? Da ist die Thöni Akademie. Jetzt muss sie doch lossprinten. Gott im Himmel hilf, dass ich nicht mitten in Telfs zusammenbreche und am Boden liege, so flitzen die Gedanken durch ihren überhitzten Kopf. Weiter kämpft sie mit der steilen Straße, der Hitze, dem Wasser, das unaufhörlich aus all ihren Poren rinnt. Endlich! Noch um die eine Ecke, und sie hat es geschafft. Zwei Minuten vor halb acht betritt sie, vollkommen außer Atem und klatschnass, die Eingangshalle. Der Dame am Eingang, die ihr freundlich zur Begrüßung die Hand entgegenstreckt, antwortet sie stammelnd, später sehen wir uns, ich bin vollkommen fertig, komm zu Fuß vom Bahnhof, muss mich zuerst dringend erfrischen. Fix und fertig lehnt sie sich an das Waschbecken, kämpft sekundenlang mit der herannahenden Schwärze in ihrem Kopf, lässt eiskaltes Wasser über ihre Handgelenke laufen, atmet tief durch. Geschafft, es geht wieder, denkt sie, zieht die Lippen nach. Mit einem letzten Blick in den Spiegel strafft sie ihren Körper und schreitet in Richtung Sitzplätze, schüttelt im Vorbeigehen unzählige Hände, nimmt aber kaum wirklich wahr, wer anwesend ist. Viel zu heiß ist es ihr, um sich, trotz delikatem Buffet und mit Eis gekühlten Getränken, nach dem interessanten Vortrag noch lange aufzuhalten in dem Saal, auf dessen Dach den ganzen Tag die Sonne brannte. Sie will schon zu früher Stunde nach Hause, am besten sollte sie sich niederlegen, zwischendurch wird ihr immer wieder kurz schwarz vor Augen.

Ein paar Tage zuvor hatte die Nachbarin über die Gartenhecke gefragt, ob sie etwas schreiben wolle, da könne sie mitmachen, ein Schreibwettbewerb, über Telfs müsse sie halt etwas schreiben, das sei Bedingung. Im ersten Moment wusste sie nicht, was sie über Telfs schreiben könnte. Dann, wieder im Liegestuhl, fiel ihr doch etwas ein, worüber sie schreiben könnte – über ihren Vater und den Berg, den großen runden Berg, der überall war. Klein war sie noch, sehr klein, grad erst in die Schule gekommen, daran erinnert sie sich noch genau und an die vielen Wochenendausflüge mit der Familie. Schöne Ausflüge haben sie gemacht mit dem Vater, im hellblauen alten Fiat Multipla. Das

Auto hatte eine schräge Kofferraumtüre, keinen Kofferraum direkt, der bestand einfach aus dem Platz hinter den Rücksitzen und dort hinten hat der Vater eine selbst gezimmerte Holzbank eingebaut, dann war in dem Auto genug Platz für ihn und Mutter vorne, für vier der Kinder auf den Rücksitzen und auf der eingebauten Holzbank stand das Obergestell vom Kinderwagen mit dem kleinen Baby, festgezurrt mit einem Hosengürtel, nichts rutschte da mehr hin und her, da konnte dem Baby nichts passieren.

Schön waren die Ausflüge, entweder ging es ins Außerfern, die Verwandten vom Papa besuchen, oder an die Inn Auen zum Picknicken, Wasser plantschen und Spielen auf der Wiese. Und immer war da Telfs im Spiel, weil beide Male mussten sie zuerst nach Telfs fahren; beim einen Mal rein und irgendwo rechts abbiegen und beim anderen Mal durch ganz Telfs hindurch, denn die schönsten Plätzchen am Inn, die waren dahinter. Und da war immer auch ein Berg dabei. „Schau, siehst den großen Berg? Das ist die Hohe Munde". Ein anderes Mal fuhren sie zurück aus dem Außerfern, also in eine ganz andere Richtung. „Schau einmal, Madl, siehst dort drüben den großen Berg? Das ist die Hohe Munde". Ein drittes Mal fuhren sie, nicht mehr ganz genau erinnern kann sie sich, irgendwo bei oder nach Imst und ihr Vater sagte wieder „Schau, siehst den großen Berg? Das ist die Hohe Munde". Was, schon wieder dieser Berg, diese Hohe Munde? Aber das gab es doch nicht, der Berg konnte doch nicht überall sein. Wenn sie zu Hause aus ihrem Kinderzimmerfenster blickte, war dort ein auch Berg, der mit dem Hafelekar und der Seegrube und daneben war die Frau Hitt. Der Berg war nur dort, immer nur dort, denn wenn sie mit dem Vater bei der Taufpatin in Hall war, dann war der Berg mit dem Hafelekar nicht da, der war immer noch in Innsbruck vor ihrem Kinderzimmerfenster. Aber dieser Berg da, diese Hohe Munde, der war überall? Sie glaubte allmählich, ihr Vater wolle sie nur hänseln und sagte keck, dass sie ihm das nicht glaube, denn jetzt seien sie ja ganz, ganz wo anders, als beim letzten Mal. Ihr Vater lächelte verschmitzt und Freude blitzte auf in seinen tiefblauen Augen, du hast gut aufgepasst, bist ein gescheites Madl. Aber, der Berg ist wirklich überall da, wo ich dir gesagt habe, der Berg ist riesengroß und deswegen kannst du ihn überall sehen. An seinem nächsten freien Nachmittag holte er einen Atlas hervor und fuhr mit seiner kleinen wissbegierigen Tochter - und seinem Finger auf der Landkarte - rundherum um den großen Berg.

Ja, darüber könnte sie schreiben. Aber jetzt, jetzt könnte sie auch noch darüber schreiben, wie die Schutzengel sie zurückgeholt haben, nach ihrem beinahe letzten Ausflug nach Telfs. Den Ausflug nach Telfs, wo sie eingeladen war zu einem überaus interessanten Vortrag und einer Diskussion mit dem Landeshauptmann und dem jungen Bundesminister. Eine in allem gelungene Veranstaltung, wo die Brötchen auf dem Buffet vollkommen in Ordnung waren, weil, außer ihr hatte kein einziger Mensch auch nur das geringste Speiberei-Problem - es sei denn, der eine oder andere der Herren oder auch Damen hätte zu viel Alkohol erwischt, aber das wäre eine andere Geschichte und davon würde sowieso niemand etwas erfahren.

All dies geht ihr durch den Kopf in den lichten Momenten, immer wieder durchbrochen vom Hinabziehen in schwärzliche Nebel, von ohnmachtsgleichem Wegsinken. Links und rechts hängen Drähte von ihrem Körper, ziehen die grünen, blauen und gelben Linien ihre zackigen Kurven an den Monitoren, tropft die Infusion langsam und stetig in ihre Venen. Sie muss es ja nicht gleich entscheiden, worüber sie schreiben wird für den Schreibwettbewerb. sie hat ja noch bis zum Winter Zeit, denkt sie noch, bevor sie wieder weg driftet in den alles umhüllenden Nebel in ihrem Kopf. Noch muss sie eine Weile hier sein, hier im Krankenhaus. Die feuerheiße Glut dieses Sommers wird dann fort sein. Die Kraft ihres Herzens wird irgendwann wieder da sein - dann hat sie Zeit, dann hat sie immer noch v i e l Z e i t.

***

AM FLUSS INN'S LEBEN

Eigentlich ist er mein Fluss. Ja, mein Fluss! Denn ich habe direkt neben ihm gewohnt, mit ihm gewohnt. Der Inn war Teil meiner Kinderwelt. Er hat irgendwie zu unserem Haus dazu gehört. War mehr in als neben unserem Garten. Er war mein Fluss, so dachte ich damals, als ich acht Jahre lang Tag und Nacht sein Rauschen gehört habe. Acht Jahre lang vor ihm hätte Furcht haben sollen, aber mehr von ihm fasziniert gewesen bin. Die Erwachsenen wollten, dass ich Angst haben sollte vor ihm. Ich hatte aber keine Angst. Es ist auch nie etwas wirklich Schlimmes durch ihn passiert. Als wenn etwas in ihm gewesen wäre, etwas, das einem kleinen Mädchen Respekt einflößen wollte. Mir Respekt einflößen, mich lehren achtsam zu sein, das wollte er wohl, dass ich vor ihm Angst hatte aber nicht, mir wirklich schaden auch nicht. Aber, lasst mich Stück für Stück, Geschichte um Geschichte vom Inn erzählen, dem Fluss, der durch mein Leben rann. Ich habe viel erlebt neben ihm, mit ihm, ein einziges Mal beinahe in ihm.

Wir hatten ein Haus, ein großes Holzhaus am Innrain, einer Straße im Westen von Innsbruck, direkt am Inn. Der Rand unseres Grundstückes ging unmittelbar über in die Böschung hinunter zum Wasser. Das einzige, was den Fluss von unserem Garten trennte, war ein Maschendrahtzaun. Der Draht war gerade so eng geflochten, dass meine kleine Kinderhand noch genügend Platz hatte, um durchzureichen. Ich stand oft an diesem Zaun, steckte mein kleines, gerade erst drei Jahre alt gewordenes Näschen hindurch und sah hinunter ins Wasser. Überlegte, wie es sich wohl anfühlen würde, die Zehenspitzen hinein zu recken, wo all das Wasser wohl herkam und hinfloss, wo all die Sachen herkamen, die im Wasser trieben. Aber ich durfte ja nicht hinaus aus dem Garten, hinunter zum Wasser. Sie hatten mir erzählt, dass im Wasser ein Mann wohnte – also ein Wasser-Mann – der alles zu sich in den reißenden, kalten Fluss holen würde, was ihm zu nahe kam und er erwischen konnte. Und im Laufe der Zeit konnte ich einiges sehen, was er zu sich ins Wasser geholt hatte.

Vieles trieb im Fluss an unserem Garten vorbei. Große und kleine Holzstücke, manchmal sogar kleine Baumstämme, die, nach einem Gewitter im gefährlich aussehenden schäumenden braunen

Wasser sich drehend, vorbeischwammen. Der Inn spielte mit den Holzstückchen, ließ sie kreisend in einem Wasserstrudel tanzen und zog sie gurgelnd nach unten, nur um sie kurz darauf wieder auftauchen zu lassen, in rasender Geschwindigkeit weiter stromabwärts trieb, oder sie sanft wiegend auf seinen Wellen auf und ab schaukeln ließ. Der Inn hat uns damals mit vielem recht Nützlichem versorgt. Vieles, was er meinen Vater aus seinem Wasser fischen ließ. Vieles, was er einfach an seinem Ufer für uns ausgespuckt hat. Mein Vater stand breitbeinig am Ufer, seinen Arm mit einem schon vorher herausgefischten langen Ast verlängert, der im dazu diente, die Gegenstände, die der Inn mit dem Spiel seiner Wellen und Wasserstrudel schon ganz nah an ihm vorbeiziehen ließ, ganz ans Ufer zu dirigieren und heraus zu fischen. Unmengen von Holzstücken spuckte der Inn nach den heftigen Sommergewittern auf die Steine vor unserem Garten, damit es dann, über Wochen getrocknet, für ein wunderbar wärmendes Feuer im einzigen Ofen im Haus sorgen konnte.

Einmal war da sogar ein kleines Lamm in der braun brodelnden Brühe, das bei einem der, in Tirol üblichen, grässlichen Unwetter in den Fluss gestürzt war und dessen klägliches Wimmern mein Vater bei bereits eintretender Dunkelheit irgendwo draußen im Wasser hörte, als er die Kannen zum Gießen der Gartenbeete aus dem Fluss befüllte. Wahrscheinlich war das kleine Ding genauso fasziniert vom Wasser des Flusses wie ich damals und die Warnungen der Großen, dass der Fluss böse sei und alles, was ihm zu nahe kam, zu sich ins Wasser holte und mit sich fort nähme, einfach nicht ernst nahm. Es gelang meinem Vater, bis zu den Oberschenkeln in der kalten braunen Brühe, auf der die Schaumblasen der kleinen Wasserstrudel tanzten, mit einem Rechen das arme Geschöpf ans Ufer zu fischen und aus dem Wasser zu ziehen. Seine Versuche, das beinahe ertrunkene Tier zu retten, überdauerten leider nur zwei Stunden. Das Tier, das sich der Fluss geholt und zu uns gespült hatte, verhalf so unserer, vom Geldsegen nicht gerade verwöhnten, kinderreichen Familie zu vielen wunderbaren, wohlschmeckenden Lammgerichten.

Ein andermal hörte mein Vater beim abendlichen Gießkannen befüllen irgendwo aus dem Dunkel über dem Wasser ein schwaches, kraftloses Gewimmer, gleich dem Weinen eines kleinen Babys. Er versuchte, balancierend auf den glitschigen Steinen, mit einem Stock in die Richtung, aus der die Töne kamen, zu gelangen und fischte kein von jemandem ungeliebt einfach ins Wasser geworfenes Menschlein aus den dunklen Fluten des Inn, sondern ein winzig kleines, platschnasses, vor Kälte zitterndes, schwarz-weißes Kätzchen. Die Freude und das Entzücken seiner damals vierköpfigen Kinderschar konnte auch das Gekreische meiner Mutter ob der Wasserpfützen auf dem blitzblank gebohnerten Linoleumboden und des dann zu erwartenden Schmutzes durch herum-fliegende Katzenhaare und herumtappende Katzenpfoten, oder gar auf dem Abstreifer liegende, als Geschenk an das Frauchen gedachte, tote Mäuse nicht trüben.

In dem Zaun, der den Inn von unserem Grundstück trennte, gab es natürlich ein Gatter mit einer absperrbaren Klinke. Und es gab eine Stiege mit acht breiten, bequemen Stufen direkt hinunter zum Fluss, hinunter zur Böschung mit vielen großen Steinen, Steinen, auf denen man von einem zum anderen hüpfen konnte und riesige flache Steine, Liegestühlen gleich, auf denen man es sich auf einem Handtuch bequem machen konnte, wie auf einem richtigen Liegestuhl. Und draußen, an der östlichen Grenze unseres Grundstückes, gab es zwischen dem Nachbarsgarten und dem Inn eine kleine wunderschöne Wiese mit Blumen, die zum Pflücken einluden. Dies war mir jedoch streng untersagt, da meine Eltern mir immer wieder aufs schärfste eintrichterten, dass ich nie, nie, auch wenn das Gatter offen stehen würde, da hinaus gehen dürfe. Da hinaus, wo es gleich abwärts ging zum Fluss mit dem reißenden, kalten Wasser, in dem kleine Kinder unerbittlich ertrinken würden (da war ja der Wasser-Mann) und dann mit fortgerissen würden, weit, weit fort (und dann am Ende von Tirol, für mich also unvorstellbar weit weg, an irgendeinem Gitter, das dort wohl über den Fluss gespannt sein musste, hängen blieben und tot herausgefischt würden). Und, dass die Eltern dann natürlich ganz traurig und arm gewesen wären, wenn mir auch so etwas passierte. Ein wenig Angst machte mir das wohl und hielt mich die meiste Zeit fern von der Böschung zum Fluss, verhinderte, dass ich mich zu fest an den Zaun drückte, um weiter hinaus auf das Wasser sehen zu können, weiter hinauf, von wo es herkam und weiter hinunter, wo es wohl hinfließen würde.

Bis jetzt hatten wir vom Inn immer nur etwas bekommen, nie hatte er uns etwas genommen, also wurde mein Glaube an das Gerede der Erwachsenen, dass der Inn böse wäre, immer schwächer.

Eines Tages war es dann so weit. Ich war den Unheil voraussagenden Erwachsenen entwischt und auf irgendeine Weise doch hinaus auf die kleine Blumenwiese vor unserem Garten gelangt. Da spielten schon die längste Zeit die Schmetterlinge mit unserem Hund. Arko war ein großer, an und für sich gutmütiger, kinderliebender Schäferhund und mein liebster Spielgefährte. Ich habe keine Ahnung mehr, welcher Teufel dieses Vieh damals geritten hat. Ich kann mich nur noch daran erinnern, dass wir auf der Wiese herumgetollt sind und dann... Plötzlich war der für mich riesengroße Hund vor mir, stupste mich immer weiter nach hinten. Ich versuchte ihm rückwärts auszuweichen und bekam plötzlich unvorstellbare Angst vor meinem Spielgefährten, denn hinter mir war die Böschung zum Wasser. Das Wasser, vor dem mich die Erwachsenen gewarnt hatten. Ich hörte, wie es hinter mir glückste und sich in wilden Kreisen drehte. In den hinab ziehenden Strudeln wartete sicher schon der Wasser-Mann darauf, dass wieder einmal ein kleines Mädchen, das seinen Eltern nicht gefolgt hatte... Ich war starr vor Angst, gab keinen Laut von mir, und der Hund drückte mich mit seiner Schnauze immer weiter in Richtung Abgrund. Mein Vater, schon die längste Zeit im Garten arbeitend, hatte angefangen mich zu suchen. Ihm blieb vor Schrecken fast das Herz stehen, als er sah, was sich draußen auf der Wiese abspielte. Mit einem Satz war er neben mir und riss mich weg vom drohenden Abgrund. Es hatte nur noch ein winzig kleiner Schritt nach hinten gefehlt, und ich wäre die steile Böschung ins Wasser gestürzt. Ja, und dann hätten sie mich an dem Gitter am Ende von Tirol mausetot aus dem Wasser gefischt, oder der Wasser-Mann... Nein, so kam es nicht, der Inn, mein Fluss, hatte rechtzeitig meinen Vater gerufen (glaubte ich felsenfest) und einige Zeit lang drückte ich wieder folgsam nur mein neugieriges Näschen durch den Maschendrahtzaun.

Beinahe zum Verhängnis wurde die Nähe des Flusses zu unserem Haus auch meiner Mutter bzw. dem in ihrem Bauch heranwachsenden dritten Baby, meiner Schwester. Der Inn diente meiner Mutter damals auch als „Waschküche". Da wir im Haus über kein fließendes Wasser verfügten, schleppte sie den Wäschekorb voll frisch per Hand gewaschener Wäsche immer zum Spülen hinunter zum Wasser. Im Winter, wenn der Fluss weit hinein zugefroren war, hatte mein Vater ein großes Loch ins Eis gehackt und Asche auf die vereisten Stufen gestreut. Ungeduldig, wie meine Mutter schon immer war, schleppte sie, ohne auch nur kurz auf die Hilfe meines Vater zu warten, zwei Wochen vor dem Geburtstermin eigensinnig und stur selbst den Waschkorb voller nasser Wäsche über die, natürlich vereisten, Stufen hinunter zum Wasser. Logisch, dass sie dabei auf der zweiten Stufe ausgerutscht und mitsamt dem Wäschekorb, aus dem sich die Wäsche kullernd über die Steine in Richtung Wasserloch davon machte, die restlichen sechs Stufen im wahrsten Sinn des Wortes hinunter gekugelt ist. Dass ihr das in hochschwangerem Zustand nicht gut bekommen ist, Mutter und Kind dann bei der infolgedessen zu frühen Entbindung beinahe das Leben gekostet hätte, ist unschwer nachvollziehbar.

Und dann bekam ich mein eigenes Schwimmbad. Na ja, nicht ich für mich allein. Ich musste es wohl oder übel mit meinen vier Geschwistern teilen, die inzwischen zu uns in das Haus am Inn dazu gekommen waren.

Die Geschwister kamen nicht aus dem Fluss. Die Erwachsenen hatten mir erzählt, ein Vogel hätte sie gebracht. Ich, als damals Fünfjährige, war der Meinung, dass das Liefern von Menschen-Babys der Einfachheit halber auch der Inn hätte übernehmen können. Das kleine Lämmchen und das kleine

Kätzchen kamen doch auch auf seinem Wasser daher geschwommen. Vater hätte sie dann nur herauszufischen brauchen und nicht ein paar Tage lang ins Krankenhaus zu meiner Mutter fahren und dann die beiden mit dem teuren Taxi nach Hause holen müssen. Aber dann fiel mir ein, dass das Lämmchen ja nur ganz kurze Zeit gelebt hatte und es wohl doch besser gewesen war, dass ein Vogel die Babys gebracht hatte, denn trocken und angezogen geliefert, würden diese dann wohl länger leben.

Aber zurück zu meinem Schwimmbad. Mein Vater hatte, handwerklich geschickt wie er war, bei Niederwasser mitten in die Böschung zwischen den Steinen ein Becken betoniert. Als der Inn nach dem Winter wieder anstieg, füllte alsbald sein Wasser das Becken, und wir hatten ein richtiges Schwimmbad, ein Becken, das gerade so groß war, dass wir Kinder alle zusammen darin plantschen konnten. Stehend ging mir, als inzwischen Siebenjährige, das Wasser zwar nur knapp bis über die Beine, sitzend jedoch war das Becken tief genug, um beinahe bis zum Hals die an den damals noch viel zahlreicheren heißen Sommertagen ersehnte Abkühlung zu bekommen und „Schwimmen" zu spielen.

Es war einer Idylle gleich, wie meine Mutter, der Nähkorb neben ihr auf einem Stein, die Kinder im Schwimmbecken wie in einer Gehschule sicher verwahrt, die schönen sonnenreichen Sommertage auf der Böschung zum Inn verbrachte. Wenn ich besonderes Glück hatte, war mein Bruder mit seiner Patentante unterwegs, schliefen die drei Kleinen auf dicken Handtüchern auf dem großen Liegestuhl-Stein, und dann war es wirklich mein Schwimmbad und ganz allein mein Fluss, denn die schliefen alle hinter mir, und da konnte ich sie nicht sehen. Ich sah nur den breiten Fluss, dessen Wasser grünlich in der Sonne glitzernd an mir vorbeifloss und meine Blicke mit sich nahm, weit in die Ferne bis zum Ende von Tirol.

Eines Tages wurde die Freude an meinem Schwimmbecken jäh zerstört. Es war einer dieser herrlichen, makellosen Hochsommertage. Der Inn floss ruhig, grün glitzernd, mit leicht gekräuselten Wellen, durch die Sommerhitze. Sein Wasser hatte mein Becken bis oben hin gefüllt und lud zur Abkühlung ein. Ich hatte herausgefunden, dass ich, kurz am schmalen Beckenrand balancierend, mit einem Sprung ins Becken das Wasser zum Rundherum-alle-anspritzen bringen konnte -und die Mutter zum Schimpfen). Also stieg ich auf den

Beckenrand, suchte kurz mit meinen Armen das Gleichgewicht - und platsch! Ein gellender Schrei, ein entsetzlicher Schmerz in meinem rechten Fuß, rotes Wasser quoll unter mir ins Becken. – Ich war in einer zerschlagenen Bierflasche gelandet, die zu allem Überfluss auch noch mit dem Rest ihrer eigenen Glasscherben gefüllt war. Meine rechte Fußsohle war kreisförmig gespickt mit dem Rand der zerbrochenen Bierflasche, und in der Mitte davon tummelten sich, wie kleine Spießchen, die restlichen Glasscherben. Irgendein wahrscheinlich betrunkener Idiot hatte wohl den Inn mit einem Mülleimer verwechselt, war anscheinend auch noch zu besoffen gewesen, um die Flasche weit genug zu werfen und hatte so seine Bierflasche ausgerechnet in meinem Schwimmbecken entsorgt. Es dauerte Wochen, bis die Schnittwunden an der Fußsohle soweit verheilt waren, dass ich wieder laufen konnte. Das war das einzige Mal, dass mir am Wasser meines Flusses etwas zugestoßen war. Die Freude an meinem Schwimmbecken war zerstört, denn ich habe dieses Becken nie wieder betreten. Meine Freude zerstört hatte jedoch nicht das Wasser des Inn, sondern Gedankenlosigkeit und Schlamperei eines Menschen. Nicht das Wasser lehrte mich Angst zu haben, sondern die Menschen an seinem Ufer.

Dass von Menschen wesentlich mehr Gefahr ausging als vom Wasser, lernte ich auch am Ufer des Inn. Unserem Haus gegenüber, auf der nördlichen Seite des Inn, war eine weitläufige Sandbucht, die an schönen Sommertagen von Teenagern zum In-der-Sonne-liegen genutzt wurde – und am Abend als Probeschießstand für Halbwüchsige. So auch an jenem Tag im Spätsommer, als unsere Familie gerade gemütlich beim Abendessen saß und ein ohrenbetäubender Knall vom anderen Ufer des Inns die Stille am Esstisch zerriss. Mein Lieblingsonkel, zehn Jahre älter als ich, wie so oft in unserer Familie zu Gast, und mein Vater liefen nach draußen, um nachzusehen, was dort drüben geschehen war. Ich, neugierig wie ich immer schon war, lief den beiden natürlich hinterher.

Mein Onkel blieb mit mir auf der Wiese vor unserem Garten, mein Vater machte sich mit den anderen Männern aus der Nachbarschaft auf zum anderen Ufer, um zu helfen. Es dauerte eine Weile, bis ich meinen Onkel dazu gebracht hatte, mir zu sagen, was passiert war. Zwei junge Männer hatten offenbar einen selbstgebastelten Feuerwerkskörper gezündet, und er war in deren Händen explodiert. Mein Onkel betrachtete das Szenario durch ein Fernglas. Ich mit meinen neun Jahren musste Held spielen, trotz der wiederholten Warnungen, das sei nichts für mich, dafür wäre ich noch viel zu klein, und habe ihn, quengelnd an seiner Hose ziehend, schlussendlich doch dazu gebracht, mich durch sein Fernglas schauen zu lassen. Patsch, da lag ich...

Der Anblick war zu viel gewesen für ein neunjähriges Mädchen. Ich war ganz einfach in Ohnmacht gefallen. Heute noch sehe ich das grauenhafte Bild vor mir, welches mir der Blick durch das Fernrohr bot: die Fleischmassen, dort, wo eigentlich ein Gesicht hätte sein sollen, ein Gesicht, das einem Sechzehnjährigen gehört hatte; der Fleischstummel, dort, wo eine Hand hätte sein müssen, die Hand des anderen Jungen, die Hand eines Achtzehnjährigen. Soweit ich mich noch erinnern kann, hat die Polizei dann lediglich vermehrt abendliche Kontrollen an den Innufern durchgeführt und Verbotstafeln aufgestellt. Den Blick durch das Fernglas bereue ich immer noch. Am Ufer des Inn lernte ich, dass ich für manches eben doch erst das richtige Alter abwarten musste – und, dass die Verbote der Erwachsenen manchmal auch dazu gut waren, mich zu schützen.

Auf Erwachsene zu hören, war aber nicht immer das Klügste, was ich tun konnte, führte öfter eher dazu, dass ich Schaden erlitt. So auch an dem Tag, als mein Bruder mit einer rostigen Säge herumspielte und ich mit meiner Lieblingspuppe, meiner heiß geliebten schönen Babypuppe, die ihre wimpernumkränzten Augen auf und zu machen konnte, wenn man sie hochhob oder niederlegte. Nachdem mir nach unzähligen Versuchen nicht gelungen war, meinen Bruder dazu zu bewegen, das gefährliche Ding, mit dem er sich verletzten konnte, wegzulegen, kam ich auf die absolut nicht gute Idee, meine Mutter zu Hilfe zu holen. Diese schickte mich mit dem Auftrag zurück zu meinem Bruder, ihm das Ding einfach wegzunehmen und es über den Zaun hinweg in den Inn zu werfen. Mir blieb nichts anderes übrig, als dem Befehl meiner Mutter zu folgen und nahm meinem Bruder das gefährliche Spielzeug ab, was natürlich nicht ohne Gerangel abging und mir diverse Kratzer einbrachte, und warf die Säge in weitem Bogen in den Inn. Ich fühlte mich unglaublich schuldig, als ich das Aufklatschen auf dem Wasser hörte. Die zerbrochene Bierflasche fiel mir wieder ein, und jetzt hatte auch ich den Inn als Müllkübel missbraucht. Mich dem Auftrag meiner Mutter zu widersetzen, hätte jedoch weit Schlimmeres als Schuldgefühle zur Folge gehabt.

Mein Bruder hat meine Aktion mit ungeheuerlichem Gebrüll quittiert, was wiederum meinen Vater ins Geschehen lockte. Die seinerseits gebrüllte Frage, was denn da schon wieder los wäre, beantwortete mein Bruder mit der Beschuldigung, ich hätte ihm sein Spielzeug weggenommen und in den Inn geworfen. Mein Vater war jähzornig! Gegen die Wucht seiner Zornesausbrüche war jedes tobende Sommergewitter samt Hagelschlag und tosendem Hochwasser ein Klacks. Ohne ein einziges weiteres Wort griff er sich meine Babypuppe und schleuderte sie gleichfalls in hohem Bogen über den Zaun hinunter in den Inn. Mir stockte der Atem, und ich wartete auf das Aufklatschen meines Puppen-Kindes im Wasser. Der Wasser-Mann und das Gitter quer über den Inn am Ende von Tirol flitzten durch meine Gedanken. Sollte dies das Schicksal meiner wunderschönen Puppe sein? Nein, sollte es nicht! Der Inn wollte meine Puppe nicht. Sie knallte einen halben Meter neben dem Wasser auf den Steinen auf. Da lag sie, zerbeult, der Kopf war ab (und lag drei Steine weiter unten), ein Arm ausgerissen, und die Beine waren irgendwie komisch verbogen. Mein vor Entsetzen starres Gesicht muss bei meinem Vater mehr zum Bereuen seiner Tat beigetragen haben, als jegliches Geschrei bzw. die sonst bei Mädchen üblichen Kullertränen es vermocht hätten. Er kam ganz spät am Abend noch einmal in mein Zimmer. In der Hand hielt er meine Puppe, mit Kopf, mit zwei Armen und zwei Beinen, angezogen mit einem hübschen Kleidchen. Mein Vater sagte kein Wort der Entschuldigung, sagte auch nicht, dass es ihm Leid täte. Er lächelte nur sein unwiderstehlich charmantes, leicht schiefes Lächeln und sagte, dass meine Puppe wieder ganz wäre, sie aber jetzt schielen würde und so eigentlich viel besser zu mir passte. Er hatte reumütig das, was von der Puppe noch übrig war, von den Steinen aufgelesen und in stundenlanger Arbeit wieder zusammengeflickt. Ein Auge konnte meine Puppe nur mehr halb auf- und zumachen. Ich war damals seit einigen Monaten dazu verdammt, eine Brille tragen zu müssen und deshalb, sehr unglücklich. Ja, meine Puppe passte mit dem leicht lädierten Auge jetzt wirklich besser zu mir.

Anfang der sechziger Jahre wäre beinahe unser ganzer Garten mitsamt unserem Haus im Wasser des Inn gelandet. Es war eines dieser für Tirol typischen Gewitter- und Hochwasserjahre. Über Tage hinweg verfolgten alle gespannt, wie der Inn immer höher und höher stieg. Mir war, als müsste ich mit meinen Armen nur ein wenig weiter durch den Maschendrahtzaun hindurch kommen, dann könnte ich ins Wasser greifen und die Holzstückchen, die in den Strudeln tanzten, einfach herausnehmen. Die Lage war wirklich ernst. Um unsere Familie zu schützten, wurde von den Erwachsenen bestimmt, dass wir, sollte der Inn über Nacht nicht wieder sinken, am nächsten Vormittag unser Haus würden verlassen müssen. Es war viel zu gefährlich für eine Familie mit kleinen Kindern, so knapp neben den drohenden Wassermassen zu verbleiben. Also sollten wir evakuiert und bis die Gefahr, überflutet zu werden, gebannt war, zu einer mit meinen Eltern befreundeten Familie auf den Mentlberg, die unserem Haus gegenüber viel höher am Berghang liegende Siedlung, verfrachtet werden. Es fehlten wirklich nur noch wenige Zentimeter, und der Inn wäre über seine Ufer getreten, das Wasser geradewegs in unser vollkommen ebenerdig gebautes Haus geronnen. Alle unsere Sachen wurden zusammen gepackt, und wir mussten in unseren Kleidern schlafen, damit wir flüchten könnten, falls der Inn in der Nacht noch weiter ansteigen und über die Ufer treten würde.

Ich meinerseits hielt die ganze Aufregung für absolut übertrieben. Warum sollte der Inn in unseren Garten rinnen wollen? Er hatte doch genug Platz. Wieso sollte er auf die Seite rinnen wollen, wenn er sich doch der Länge nach ausdehnen konnte? Die Erwachsenen hatten mir gesagt, dass er sogar viel weiter als bis ans Ende von Tirol fließen würde, mit einem anderen Fluss zusammen konnte er sogar bis ins Meer fließen. Also, was sollte er dann in unserem Garten und in unserem Haus? Um jedoch Ärger aus dem Weg zu gehen, tat ich, was die Erwachsenen von mir verlangten, jedoch nicht ohne diese einige Male darauf hinzuweisen, dass ich ganz und gar nicht daran glaubte, dass der Inn uns vertreiben wollte. Der nächste Morgen gab mir natürlich Recht! Der Inn war einen halben Meter gesunken, die Sonne schien wieder und wir konnten in unserem Haus bleiben.

So vergingen die Jahre am Ufer des Inn. Ich wurde nicht müde, immer noch fasziniert dem Spiel seiner Wellen zuzusehen, die ihre Farbe jahreszeitlich veränderten, vom glasklaren Grünblau des Winters in das schlammige Braun der Schneeschmelze bis hin zur tobenden, Gischt spritzenden Wasserflut eines gewitterschwangeren Tiroler Hochsommers. Unzählige Male fand ich Trost im Ins-Wasser-schauen, wenn ich mich wieder einmal Stunden lang vor dem Jähzorn meines Vaters hinter dem Hühnerstall am Maschendrahtzaun versteckt hielt. Unzählige Male fand ich Schutz vor den

Hänseleien und Übergriffen meiner Schulkollegen, indem ich meinen Schulweg von der Straße hinunter auf die Steine am Wasser des Inn verlegte. Dort hatte ich meine Ruhe, die Rabauken waren zu feige, mir bis hinunter zum Wasser zu folgen – und ich hatte immer noch keine Angst vor dem Wasser, vor den Menschen inzwischen jedoch schon.

Unserem Haus, unserem Garten und schlussendlich auch dem Inn wurden dann aber doch die Menschen zum Verhängnis. Oder zumindest etwas, was die Menschen geplant und dann auch gebaut haben: die Autobahn durch das Inntal. Um diese bauen zu können, wurde unser Haus abgerissen, unser Garten zerstört und der Inn an mehreren Stellen einfach aus seinem natürlichen Flussbett gehoben und woanders hingeleitet. Dort, wo unser Haus stand, brettern jetzt riesige LKW mit ohrenbetäubendem Lärm und stinkenden Abgasen über die Autobahn, spannt sich beinahe kreisförmig eine Autobahnabfahrt über Asphalt und Beton, ist der Inn auf beiden Seiten eingemauert. Manchmal, wenn mein Weg mich heute über die immer noch knarrende Karwendel Brücke führt, verharre ich wie früher einige Minuten auf der Brücke, schaue dem Wasser zu, wie es kreiselnd und glucksend oder in glasklaren sanften Wellen an den Betonstreben vorbeifließt, schaue wehmütig Richtung Westen, wo, direkt unter dem äußerst westlichen Punkt des Autobahn-Abfahrts-Kreisels, unser Haus gestanden hat. Nichts erinnert mehr daran, dass ich hier meine ersten Lebensjahre verbrachte, dass hier mein Leben begann, hier an meinem Fluss, hier am Ufer des Inn.

***

BOHRMASCHINE IN DER HAND UND STÖCKELSCHUHE AN DEN FÜSSEN

„Jetzt brennt es langsam. Ich habe nur noch sechs Tage, um den Artikel zu schreiben und an die Redaktion weiterzuleiten – schließlich wollen wir auf die Titelseite. Für die nächste Ausgabe im Bezirksblatt ist es ohnehin zu spät, das schaffe ich nicht mehr. Biiiiiiiitte schick mir die Daten von Deiner Prinzessin. Wenn ich mir alles selber aus den Ergebnislisten (und den einzelnen Homepages) zusammen klauben muss, brauche ich ewig. Ich habe im Moment entsetzlich viel um die Ohren und daher leider kaum Zeit für Recherchen: Unsere Katze hat Komplikationen von der Operation und liegt beim Tierarzt „auf Station"; unser Auto ist komplett durchgerostet, krieg kein Pickerl mehr, darf auch nicht mehr damit fahren – haben es „mängelfrei" vor 10 Monaten im Autofachhandel gekauft; meine Wohnung ist eine Baustelle – Terrasse und halber Garten aufgegraben, es schaut aus, als wenn eine Bombe eingeschlagen hätte und eine Mure abgegangen wäre; Sohnemann hat Probleme beim Heer (welcher junge Mann hat das nicht) und ich soll ihn heute um 22.30 am Bahnhof abholen (wie? ohne Auto?), wie es mir gesundheitlich geht, weißt Du ohnehin.

So, genug gejammert, jetzt kann ich zumindest verstehen, dass manch einer „Zigaretten kaufen geht" und einfach nie mehr wiederkommt. Wäre ich doch wie andere Frauen, ich würde mir jetzt ein paar Schuhe kaufen oder zum Friseur gehen, und die Welt wäre wieder in Ordnung. Blöd, ich hasse Schuhe kaufen, und Friseure machen mir nur meine Haare kaputt, also was tue ich? Durchhalten, Ärmel aufkrempeln und weiter die Arbeit machen, für die ich eigentlich die (zumindest körperlichen) Kräfte eines Mannes bräuchte. (Heulen hasse ich, weil dann meine Augen auch noch sch..... aussehen und mein ganzes Gesicht aufquillt wie bei einem Säufer). Ich bin momentan genau in der Stimmung, in der sich Männer einfach einen ansaufen gehen. Blöd, ich kann Alkohol überhaupt nicht leiden und Mann bin ich auch keiner... Hoffentlich habe es wenigstens geschafft, Dich spätestens jetzt zum Lachen zu bringen.

Als ich dieses Email vor einigen Tagen beim Aufräumen des Computers gefunden habe, musste ich selber lachen. Mit Humor geht eben alles leichter. Rückblickend auf mein Leben, auf die schier unbewältigbaren Arbeitsberge, die mir jeder Tag als alleinerziehende Mutter schon am Morgen servierte, wundere ich mich, dass mir das Lachen immer noch nicht vergangen ist.

Bin ich doch zwischen den Fronten auf die Welt gekommen, mitten hinein in einen beginnenden Krieg, den Krieg zwischen Mann und Frau, behaftet auch noch mit dem Pech, als Frau geboren zu werden. Nein, nicht gleich als Frau, zuerst war ich natürlich ein Mädchen. Fräulein wurde ich erst später, da hat man das Wort noch benützen dürfen, hat sich sogar über die Anrede gefreut, hat sie doch bedeutet, dass man schon als erwachsen registriert wird und gleichzeitig noch so jung wirkt, dass niemand es für möglich hält, man wäre schon (Ehe)Frau und Mutter. Schade, dass es jemand für unbedingt nötig befunden hat, dieses Wort abzuschaffen. Ist es wirklich so demütigend, wenn man jung und knusprig anders angesprochen wird, als dann im weiter fort geschrittenen Alter? Der eventuelle Grund, dass es keine vergleichbare Anrede im männlichen Bereich gäbe und dies daher im weiblichen abgeschafft, also gleich gemacht, werden müsse, leuchtet mir auch überhaupt nicht ein. Zugegeben, Männlein klingt wirklich nicht gerade erhöhend und Herrlein auch nicht viel besser. Wem haben wir weiblichen Wesen diese unnütze Wortstreichung bloß zu verdanken? Erstaunlicherweise hat man diese Verniedlichungsform (Was ist überhaupt schlecht daran, niedlich zu sein?) nur aus der deutschen Sprache verbannt. Die Franzosen, die Italiener und englischsprachigen Weltbürger, eingeschlossen der fortschrittlichen Amerikaner, dürfen immer noch ungestraft ihre weiblichen Wesen im Übergang vom Kind zur Frau mit mademoiselle, signorina oder miss ansprechen.

Ich wurde fast genau zu der Zeit geboren, als Österreich seine Freiheit wiedererlangte und zehn Jahre nach Ende des großen Krieges. Hat da alles angefangen? Nachdem einige Frauen ihre Freiheit, die sie während des Krieges offensichtlich hatten, ihre Männer waren ja im Krieg, wieder aufgeben mussten, oder sie weiterbehalten durften, je nachdem, ob der Krieg ihnen ihre Ehemänner wieder zurückgegeben oder behalten hatte. Sind die Frauen da auf die fatale Idee gekommen, dass es ohne Männer auch gehen könnte? Oder haben die Frauen in ihrer Wut, die auf die Trauer folgte, beschlossen: „Wenn ich keinen Mann mehr habe und alles alleine schaffen muss, sollen die anderen auch keinen haben und schauen, wie sie allein zu

Recht kommen"? Logisch wäre es schon, denn wenn es um die g'sunde Watsch'n geht, sagen ja auch immer alle „mir hat das nicht geschadet, also wird's dem Kinde auch nichts tun".

Mitten hinein in diese Möglichkeiten wurde ich geboren, aufgewachsen und erzogen dann zwischen den Fronten im Graben von höchst zwiespältigen Aussagen und Erziehungsmustern. Einerseits sollte ich zu einer *richtigen Frau* heranwachsen, das hieß: lieb und folgsam sein, adrett und hübsch gekleidet; alle Fertigkeiten erlernen, die ich als zukünftige Hausfrau benötigen würde, also Nähen, Stricken, Kochen, Waschen, Schuhe putzen; andererseits sollte ich lernen *meinen Mann zu stehen*, sprich gute Noten haben, um einen Beruf zu erlernen. So wuchs ich eigentlich auf, wie fast alle anderen Mädchen der Fünfziger Jahre auch, allerdings doch sehr irritiert von den widersprüchlichen Äußerungen in meiner Umgebung gegen das Ehefrau- und Muttersein.

Noch heute rauschen die Aussagen von vielen - wohlgemerkt allesamt gut und sicher verheirateten - Ehefrauen und Nur-Müttern in meinem Kopf: „Sei ja nicht so dumm zu heiraten, einem Mann den Haushalt zu führen und dir mit den Kindern, die er dir anhängt, die Figur und das Leben zu versauen. Lern etwas Gescheites und verdien dein eigenes Geld". Wieso sagten sie so etwas? Sie waren doch selbst verheiratet, führten einem Mann den Haushalt, hatten Kinder. Ihre Figur hatten sie sich, gut sichtbar, wirklich versaut. Ich glaube aber nicht durch ihre Kinder, sondern durch zu vieles Essen. Mit ihren Aussagen haben eher *sie* das Leben *ihrer Kinder* versaut. Lustig war es jedenfalls nicht, sich ewig schuldig zu fühlen am versauten Leben dieser ach so armen Frauen.

So klein ich noch war, für mich passte das alles nicht zusammen. Es stimmte nicht überein, das was ich hörte, mit dem, was ich sah, und ich war hin und her gerissen von der Faszination, die Papas Werkstätte samt allem, was man darin machen und auch lernen konnte, auf mich ausübte und dem Wohlgefallen, das Mutter an mir fand, wenn ich geschickt mit ihr in der Küche hantierte.

Und damit begann das wirkliche Dilemma. In meinem Graben zwischen den Fronten wuchs ich als ausgesprochen hübsches und fatalerweise auch noch ausnehmend kluges Mädchen heran. Meine Mutter sorgte dafür, dass ich alles erlernte, was eine perfekte Hausfrau zu können hatte. Wozu, wenn ich sowieso nicht heiraten sollte und einem Mann den Dreck weg putzen und ihn bekochen, fragte ich mich nicht nur einmal, sie aber nicht laut, weil es dafür recht unangenehme Hiebe gesetzt hätte. Heute hege ich schon lange den leisen Verdacht, dass sie mir das alles nur beigebracht hatte, damit ich ihre billige Haushaltshilfe sein und ihr helfen konnte, ihre nach mir noch zahlreich folgenden Kinder zu versorgen.

Mein Vater jedenfalls freute sich über seine kluge, wissbegierige Tochter und zeigte mir bereitwillig wie man Männerarbeit verrichtet, erklärte mir die Welt und stopfte fast alle Löcher, die ich im Laufe der Zeit in seinen Bauch gefragt hatte. Und er sagte, wenn mir, in mädchenhafter Verzweiflung über dieses und jenes, doch auch einmal dicke Tränen über die Wangen kullerten, Sätze, wie: „Ja, ja, plärr nur, dann musst du weniger oft pieseln gehen".

Irgendwie war es lustig, aber ganz blickte ich mit meinen jungen Jahren nicht durch, was die Erwachsenen wirklich wollten. Mama, streng erpicht darauf, mir beizubringen, eine perfekte Hausfrau zu sein, mich mädchenhaft zu kleiden und zu gefallen, obwohl ich ihrer Ansicht ja nicht heiraten sollte.

Vater, der mir sein Wissen und Können in der Werkstatt beibrachte, damit ich klug und klüger wurde und alles selber machen könnte: „Komm her, ich lern dir wie man das macht, dann brauchst du nicht irgendeinen Dahergelaufenen zu heiraten, nur weil du keine Glühbirne tauschen und das Kabel am Bügeleisen nicht reparieren kannst."

Was außerhalb unseres Gartenzaunes vor sich ging, von dem bekam ich kaum etwas mit – Nachrichten und Zeitungen waren für Erwachsene, nicht für Kinder, Fernsehen sowieso kein Thema. Also hatte ich keine Ahnung, dass sich da draußen für Mädchen einiges zu ändern begann. Ich nahm von beiden Seiten, was ich an Ausbildung kriegen konnte und versuchte, mich mit unerwünschten Fragen nicht unbeliebt zu machen, ging hübsch zurechtgemacht mit Kleidchen und weißen Strumpfhosen, die am Abend immer noch strahlend weiß und ohne jeden Fleck sein mussten, zur Schule, freiwillig sogar auch am Nachmittag. Dort zerrte mich niemand einmal in diese und einmal in die andere Richtung, dort hatte ich meine Ruhe. An den freien Tagen jonglierte ich mich mit kurzen Hosen und aufgeschlagenen Knien zwischen Vaters Werkstatt und dem Hühnerstall auf Gartenhausdach und Apfelbaum. Wenn das Leben beschlossen hatte, mir größtes Glück und Freude in der selten zur Verfügung stehenden Form von Büchern zu bescheren, saß ich stundenlang auf der Schaukel im Garten und verschwand buchstäblich zwischen den bedruckten Seiten, unterbrochen nur von dem Ruf aus Mutters Küche, der mich schockartig wieder in die Wirklichkeit des Frau-werdens zurückholte, Geschirrspülen war angesagt.

Jahre später, endlich reif fürs Berufsleben und selber- Geld-verdienen, ausgestattet mit der Höhere-Töchter-Ausbildung an einer katholischen Privatschule, war für mich endgültig Schluss mit Lustig. Den Traum meiner Mutter, mich auf die Knödelakademie (=Ferrarischule) zu schicken, habe ich, in einem damals doch eher seltenen Anfall von Mut, kurzerhand mit der Drohung abgewürgt, dass ich dafür sorgen würde, mit siebzehn ein Kind zu bekommen, wenn sie das tue. Das hatte zu meiner größten Überraschung gewirkt, was mich heute noch erstaunt, und sie ließ davon ab. Der Blamage eines ledigen Kindes zu entgehen, war ihr dann doch wichtiger, als mich als Hausfrau mit Matura auf den Heiratsmarkt zu schicken. Mein Wunsch – und der war im Jahre 1969 für ein Mädchen schon als kühn zu bezeichnen – an der Gewerbeschule eine Ausbildung als Restaurateurin zu beginnen, wurde von meinem Vater kurz mit der Bemerkung „zu diesen langhaarigen Gammlern gehst du nicht" abgeschmettert. Jetzt hatte ich endgültig keine Ahnung mehr, was ich mit meinem ausgezeichneten Abschluss-zeugnis anfangen sollte. „Eine Lehre kommt nicht in Frage, dazu bis du zu klug", hatte jegliches Vortasten in diese Richtung ohnehin im Keim erstickt. In dieser Notlage schloss ich mich kurzerhand einigen Freundinnen an, die sich für den Besuch der Handelsschule entschieden hatten. Diesen meinen Entschluss quittierte meine Mutter freudenstrahlend mit: „Das ist super, da kannst du Sekretärin werden und deinen Chef heiraten". Bitte, wie war das? Ehrlich gesagt, wenn ich je in die Verlegenheit gekommen wäre, einen meiner, vereinzelt auch in lediger Form vorkommenden, Chefs heiraten oder auch nur küssen zu müssen, ich hätte mich in die Fluten des Inn gestürzt.

Irgendwann hatte ich das alles überstanden, war ohne massivere Schäden achtzehn Jahre alt geworden, aus dem Elternhaus geflüchtet und saß eines Abends mit irgendetwas beschäftigt am Wohnzimmertisch. Ich traute meinen Ohren nicht wirklich, als aus unserem Fernseher eine mir unangenehme Frauenstimme dröhnend verkündete, dass Frauen durchaus fähig wären, sich selbst den

Mantel auszuziehen und stark genug seien, sich die Türe selbst aufzumachen, sie bräuchten keinen Mann dazu. Ich drehte mich erstaunt zum Fernseher, sah die Dame, deren Worte unerlaubt durch mein Wohnzimmer spazierten und sagte kurz und knapp: „Wer bitte sollte denn auf die Idee kommen, *der* da aus dem Mantel zu helfen oder die Tür aufzuhalten? *Der* schlägt doch jeder Mann die Türe vor der Nase zu, aus Angst, sie könnte hinter ihm herlaufen".

Na ja, ein loses Mundwerk hatte ich immer schon, meistens hielt ich das jedoch geschickt verborgen. Mit meinem Kommentar habe ich meinen Verlobten und dessen Freund, die kopfschüttelnd das Szenario am Bildschirm verfolgt hatten, natürlich zum Lachen gebracht, wie so viele andere auch, jedes Mal wenn ich davon erzählte. Inzwischen hat sich die Dame schon lange als lesbisch geoutet, trägt Lippenstift (Frausein ist also doch nicht so übel?) und mir ist immer noch - und immer mehr - unerklärlich, wie sie das geschafft hat, mindestens zwei Generationen von Frauen dazu aufzuhetzen sich wie Männer aufzuführen, auf Männern permanent herumzuhacken und sich einzubilden, Männer bräuchte man nicht, zumindest nicht zum direkten Kontakt, als

Samenspender sind sie ja nach wie vor gefragt, aber bitte auf Umwegen über ein Reagenzglas.

Die Idee, dass Frauen mehr Rechte als im Mittelalter bekommen sollten, war ja gut und absolut notwendig, und wird wohl von niemandem, der halbwegs bei Verstand ist, angezweifelt. Emanzipation sollte aber nicht verstanden werden als Gleichmacherei, sondern als Gleich*berechtigung* und beinhaltet für mich vor allem das Recht der Frau, selbst entscheiden zu dürfen, ob sie Karriere macht, indem sie um Gottes Lohn zu Hause für Mann und Kinder arbeitet, oder außer Haus gegen Entlohnung aus fremder Hand.

Ich persönlich würde ja lieber meinem eigenen Ehemann einen Kaffee kochen, als einem fremden Chef. Meinem Ehemann könnte ich schlimmstenfalls die Kaffeetasse nachwerfen, treffen sollte ich ihn halt nicht. Bei einem Chef würde ich das eher nicht empfehlen – zumindest funktioniert das nur einmal, und weg ist der Job und zwar ohne Ich-krieg-die-Hälfte-Deines-Vermögens-und-auch-noch-einen-saftigen-monatlichen-Unterhalt.

Ich finde es gut, dass Frauen, die keine Kinder wollen, auch keine bekommen müssen und anstatt dessen ihr Heil im Geldverdienen-außer-Haus finden können. Ist so besser für alle Beteiligten, denn unerwünschte, aber trotzdem zur Welt gebrachte und dann ihr Leben lang für ihr auf die Welt-gekommen-sein gehasste Kinder gibt es sowieso schon viel zu viele. Das ist schon einmal ein Vorteil, dass „Frau" nicht mehr unbedingt ein Kind haben muss, um gesellschaftsfähig zu sein.

Ich frage mich aber allen Ernstes und immer öfter, ob „Emanzipation" oder zumindest das, was daraus gemacht wurde, für uns Frauen wirklich eine Verbesserung ist? Früher haben Frauen den Männern den Haushalt geführt, deren Kinder bekommen und aufgezogen, ihnen des Nachts Vergnügen und Freude bereitet - ja, okay, nicht alle und viele nicht wirklich mit Begeisterung - und als Gegenleistung gab es freie Unterkunft und Verpflegung und, wenn der Gatte großzügig war, auch noch ein nettes Taschengeld und andere brauchbare materielle Belohnungen. Heute sollten Frauen den Männern den Haushalt führen, deren Kinder bekommen und aufziehen, ihm des Nachts mit Freuden dienlich sein – und sich ihren Lebensunterhalt selber verdienen!! Und das soll ein Fortschritt sein? Ja ist es, ein riesen Schritt fort und weg von allem, was es je angenehm gemacht hat, Frau zu sein, und was Männern Anlass und Grund wäre, uns bei sich haben zu wollen, für uns zu sorgen und uns zu beschützen.

Ja, jetzt haben wir den Salat. Etwas, das angefangen hatte, um Frauen zu mehr Rechten zu verhelfen, zu mehr Anerkennung ihres Tuns in der Gesellschaft, zur Freiheit jegliche Bildung zu erlangen und Mitbestimmung im politischen Geschehen, ist ausgeufert in „ich will haben immer mehr und mehr, und dann will ich so sein wie er".

Es war die Generation meiner Mutter, die mit dem Schmarrn „Frauen brauchen keine Männer" angefangen hat, die Töchter (und vor allem die Söhne!!) meiner Generation müssen es jetzt ausbaden.

Seit meiner Geburt sind so viele Jahre vergangen, dass das Schicksal genug Zeit hatte, viele verschiedenartige Überraschungen in meinem Lebensraum zu verstecken. Ich kenn so ziemlich alle Varianten von Frauen-Leben. Ich weiß, wie es sich anfühlt und genießen lässt, von einem Mann auf Händen getragen, verwöhnt und umsorgt zu werden. Ich kenne aber auch den Frust und die wuterzeugende Hilflosigkeit, nach acht Stunden hochkonzentrierter Arbeit in der Kanzlei nach Hause zu kommen, wo die gesamte Hausarbeit als

Abendvergnügen auf mich wartet, und mein Ehemann nicht mit anpackt, sondern seine wohlpediküren Füße auf den Glastisch legt. Das mit dem Glastisch wäre nicht das Problem gewesen, sondern, dass ich mir wie ein kompletter Trottel vorkam, bei allem die Hälfte der Kosten zu tragen, bloß die Hausarbeit durfte ich alleine machen, leider habe ich die Gedanken in meinem Kopf nicht laut geschaltet. Und ich kenne auch die Variante Teilzeit-außer-Haus-arbeiten, natürlich die ganze Hausarbeit alleine erledigen, aber dafür zahlt er ja die gesamten Wohnungskosten.

Unglücklicherweise kenne ich auch die weniger leichten Spielarten des Frau Seins, die ich mir nicht freiwillig ausgesucht habe, nämlich: alleinerziehend mit einem und später dann mit zwei Kindern, wechselweise mit Halbtags- und Ganztags-Arbeit-außer-Haus, das natürlich inklusive Frauen- und Männerarbeit im Haus. Letzteres beinhaltet auch Möbel schleppen und zusammenbauen, mit der Bohrmaschine hantieren, auf der Leiter balancierend Wand und Decke streichen; Lampen montieren; Garten umgraben und Rasenmähen.

Wie gelegen kam mir da die vorbildliche Ausbildung in der Werkstätte meines Vaters, der mir, da er mich ja gelehrt hatte, wie ich das selber mache, dann doch eher selten behilflich war. Wäre aber nötig gewesen, denn ich habe bald herausgefunden, dass mir zwar keine fachlichen Kenntnisse fehlten, aber *die dafür notwendige Körperkraft.* Da nützte auch nicht, dass ich mich im Fitnessstudio zur zweitstärksten Frau hochtrainiert hatte. Bei Zweistärkste habe ich es deshalb belassen, weil mein Körper langsam angefangen hatte, seine weiblichen Formen in eher männliche Muskeln zu verwandeln. Meine Kraft reichte aber allemal aus, um den ersten Schreibtisch meines Sohnes zusammenzubauen und in ihm ca. 30 Schrauben händisch zu versenken *Massivholz! Nein, nicht aus dem schwedischen Möbelhaus,* andere haben auch solche Einzel-Platten-zum-Zusammenschrauben-Möbel, aber da bleiben Unmengen von Schrauben übrig! Das Ding stand endlich fertig vor mir, leider etwas wackelig, obwohl ich jeden einzelnen Schrauben mit dem Aufbringen meiner allerletzten Kraftreserven angezogen hatte und keine auch nur ein hundertstel Millimeter mehr zu bewegen war. Blieb mir also nichts anderes übrig, als bei meinem Bruder zu läuten und ihn um Hilfe zu bitten. Er nahm den Schraubenzieher, machte zwei, drei lockere Drehungen mit seiner Hand an jeder Schraube, rüttelte am plötzlich fest wie ein Stein dastehenden Schreibtisch, grinste charmant übers ganze Gesicht und sagte mit einem schadenfrohen Blitzen in seinen blauen Augen: „Fehlt's dir ein wenig an Kraft, Schwesterle?"."Paah, super, leicht gesagt, für einen dreißig jährigen Mann mit fast einem Meter neunzig", habe ich mir gedacht, gesagt habe ich: "Sei froh Brüderchen, sonst würde ich dich ja gar nicht mehr brauchen". Und beide haben wir gelacht. Diese Begebenheit wurde zum „running gag", jedes Mal, wenn im engeren Freundes- oder Familienkreis irgendwo das Thema auftauchte, „Frauen können auch Männerarbeit machen", weil sie ein so nettes Beispiel dafür ist, dass Frauen für Männerarbeit eben *nicht* geeignet sind, da ihnen die biologischen Voraussetzungen dafür fehlen.

Spätestens beim vierten Bandscheibenvorfall musste auch ich zur Kenntnis nehmen, dass ein Frauenkörper für schwere Arbeit einfach nicht geschaffen ist. Spätestens dann nützte mir die Ausbildung in Vaters Werkstatt nichts mehr und auch nicht die Tatsache, dass ich weiß, wie eine Bohrmaschine funktioniert. Jetzt fehlt schlichtweg die Kraft, die es braucht, um mit dem Ding etwas anderes als einen ausgefransten Krater in die Wand zu fabrizieren. Jetzt wird es schwierig, denn, obwohl im Besitz einer Bohrmaschine, muss ich doch einen

Mann bitten, sie für mich zu bedienen. Das mache ich auch, aber garantiert perfekt geschminkt und auf Highheels – wozu hat mich meine Mutter gelehrt, wie eine richtige Frau sein sollte?

Zum Stichwort „richtige Frau" fällt mir ein, dass ich mich regelmäßig von einem Lachanfall zum nächsten hangle, wenn ich eine – egal welche - Frauenzeitschrift in die Hand nehme. Es ist doch schon beinahe schizophren, was mir da Seite um Seite entgegenknallt: Falten bekommen verboten, muss mit wer weiß welchem Gift und unter Verwendung von Messern verhindert werden. Das Ergebnis ist meist wunderschön anzusehen, aber nur, wenn man ein Fan von Mimik losen Schaufensterpuppen oder Schlauchbooten ist. Mollig ist schön, und dicke Frauen fühlen sich toll so wie sie sind. Aha, und wieso braucht es dann in jeder Zeitschrift schon auf der Titelseite die Hinweise darauf, wie man abnimmt, schlank wird, schlank bleibt? Und es wundert sich wirklich noch jemand über „Magermodels"? Ich mich schon lange nicht mehr. Die werden doch von all den Frauenzeitschriften gezüchtet! Klar doch, die brauchen sie ja, um sie, eingehüllt in die, meist sehr fragwürdigen, Modekreationen von Stardesignern (diese selten heterosexueller Natur), abgelichtet von

Starfotografen (siehe Designer) in ihrer Zeitschrift abzudrucken, damit zwanzig Millionen Frauen dann so aussehen wollen wie eine Handvoll Knochen in Kleidern.

Bitte, man lasse sich das auf der Zunge zergehen: Millionen Frauen geben Unsummen von Geld aus, um in Kleidern herumzulaufen, die, nicht wirklich der Frauenwelt zugetane, männliche Designer entworfen haben und wundern sich auch noch, warum diese Kreationen am besten an den vorher erwähnten Magermodels aussehen. Na klar doch, diese Männer stehen nicht auf Frauen, die stehen auf Männer. Wie sollen die dann fähig sein, Kleidung zu machen, die Frauen, die wie Frauen ausschauen – und ich meine damit nicht die mit den angefutterten Kurven – auch passen.

Was tun die bitte da? Heerscharen von Frauen lassen sich von Männern, die nicht einmal ihre Ehemänner sein könnten, diktieren, was sie anziehen müssen!! Designer sagt: „Alle tragen Lila" und tausende Frauen rennen dann alle den ganzen Sommer in lila herum, zahlen für das kleine, am Halsinnenrand angenähte Stückchen Stoff, auf dem der Name des Designers steht, Unsummen von hoffentlich selbst verdienten Euros. Sie hungern und kasteien sich, lassen sich Teile ihres Körpers herausschneiden, Fett absaugen, woanders wieder hineinspritzen, nur um in die um das Designerlabel herumgeschneiderten Stoffteile hinein zupassen? Für mich heißt das nichts anderes, als dass Frauen sich immer noch mit dem Namen eines anderen schmücken und damit aufwerten wollen, müssen, dürfen.

Und was ist das, was mir entgegenspringt, wenn ich ahnungslos in einen Laden gehe, um mir Damenunterwäsche zu kaufen? Ich trau meinen Augen nicht, das ganze Geschäft hängt voller Folterinstrumente, die ich gottlob nur bis zu meinem fünfzehnten Lebensjahr tragen musste, also gerade einmal knappe drei Jahre, länger hätte ich das auch nicht überlebt. Starr gepolsterte, mit Bügeln versteifte Büstenhalter, variabel auch zu haben, als bis zur Taille geschnürtes (!!!) Exemplar, Miederhosen, oberschenkellange Unterhosenungetüme, Liebestöter hießen die damals zu meinen Jugendzeiten, aus einem Material, das sich blendend dazu eignen würde, einen Knochenbruch zu fixieren. Wofür haben wir Ende der Sechzigerjahre unsere BHs verbrannt? Damit meine arme Tochter jetzt wieder so eine Rüstung anziehen muss?

Immer noch, scheint mir, ist da der Graben zwischen den Fronten, und immer noch versteh ich nicht, was die alle eigentlich wollen. Inzwischen wird ja auch noch behauptet, dass Männer und Frauen gleich wären. Bitte, was sollen sie sein? Sind denn alle blind? Schaut doch einfach einmal genau hin! Dass viele Frauen gleich sein wollen wie Männer, kann ich ja noch verstehen, aber dass Männer jetzt wie Frauen sein sollen, das ist mir langsam wirklich zu viel. Überall tönt es von Gleichbehandlung. Unterschiedliches kann man nicht gleich behandeln! Kühe und Schweine sind beide Tiere, oder? Versucht einmal, vierzehn Tage lang beide gleich zu behandeln. Viel Erfolg! Ich kann versichern, eines der beiden Tiere ist dann tot.

Inzwischen bin ich schon lange nicht mehr klein, bin nicht nur groß, sondern bald auch schon alt geworden, und es passt für mich immer noch nicht zusammen, auch, wenn ich es vielleicht sogar richtig verstanden habe: Frauen sollen schuften wie Männer, aber bitte schön schlank, faltenlos und top geschminkt und das alles auf hohen Stöckelschuhen. Und wie, bitte, soll das gehen?

***

GLASTRENNWÄNDE AUSVERKAUFT

Heute hat er sie wiedergesehen, nach so vielen Jahren, *sie* endlich wiedergesehen. Auf dem Fahrrad, konzentriert zwischen den Autos an der stark befahrenen Kreuzung, hörte er jemanden seinen Namen rufen. Diese Stimme..., beinahe wäre er zwischen die Straßenbahnschienen geraten, als er sich danach umdrehte. Ja, *sie* war es. Im ersten Moment hätte er sie beinahe nicht erkannt, sie hat ihre Frisur verändert, aber diese Augen, die würde er nie vergessen, würde er unter tausenden wiedererkennen. Es waren ihre Augen, die ihn, schon als er sie das erste Mal sah, magisch angezogen hatten.

Sie steht, an eine Säule gelehnt, in seinem Stammlokal, ein Glas Wein in der Hand, lässt ihren Blick durch das schwach gefüllte Lokal schweifen, bleibt kurz in seinem Gesicht hängen und sieht wieder weg. Hat sie gelächelt oder bildet er sich das nur ein? Was tun? Einfach hingehen und sie ansprechen? Sie schaut nicht wieder in seine Richtung, hat ihr Glas schon beinahe ausgetrunken, wenn er nicht schnell etwas unternimmt, dann wird sie ihr Glas Wein ganz austrinken, bezahlen und aus dem Lokal gehen.

Noch bevor ihm irgendetwas einfällt, geht sein bester Freund schnurstracks in die Richtung des Mädchens und spricht sie an. Hat der den Verstand verloren? Schnappt der sie ihm jetzt weg? Was hat er da mit ihr zu reden? Das Mädchen sieht kurz lächelnd in seine Richtung. Sein Freund kommt zurück, packt ihn am Arm und schiebt ihn auf die Säule zu, bleibt neben dem Mädchen stehen. „Darf ich vorstellen? Robert, das ist Carolin, Carolin, das ist mein Freund Robert, der sich schon den ganzen Abend den Hals nach dir verrenkt. Ich wünsch euch einen schönen Abend", und weg ist er. So überrascht und überrumpelt, stehen sich die Beiden für einen kurzen Augenblick sprachlos gegenüber, doch dann fangen beide gleichzeitig an zu lachen.

Auf Anhieb verstehen sie sich, reden, lachen, lästern über dieselben Dinge, sie hat den gleichen ironischen Humor wie er, die Zeit vergeht viel zu schnell. Es ist schon sehr spät, sie muss nach Hause - er hat übersehen, dass sie einen Ehering trägt –, und sie sagt ihm erst jetzt, dass sie verheiratet ist. Sie ist unglücklich, hat mehr Zoff zu Hause, als harmonisches Eheleben, ihr Ehemann ist auch heute Abend wieder irgendwo mit irgendjemandem unterwegs. Heute Abend hat sie es nicht mehr ausgehalten, allein in der leeren Wohnung, und ist in dieses Lokal geflüchtet. Jetzt versteht er, warum sie so verloren an der Säule gestanden hat, warum ihr Blick sich nirgends und an niemandem festhielt. Zerbrechlich und beinahe feengleich hatte sie zuerst aus der Ferne auf ihn gewirkt. Obwohl eher groß gewachsen, war alles an ihr zart und zierlich, das schmale Gesicht mit den hohen, fast slawisch anmutenden Backenknochen und dem schön geschwungenen, lippenstiftlosen Mund, ihre schmalen Handgelenke, ihre beinahe jungenhaften Hüften. Jetzt ist er vor allem bezaubert von ihren großen braunen Augen, die, umrahmt von dichten, langen, schwarzen Wimpern, aussehen wie Sterne, „Ja, ich weiß, ich habe Sternenaugen, das sagt mein Vater auch immer" hört er sie sagen und ihm scheint, als könne sie seine Gedanken lesen.

Jetzt ist es für ihn zu spät, sie so schnell wieder loszulassen, jetzt will er sie unbedingt wiedersehen. Er will mit ihr mehr Zeit verbringen, als nur diesen einen Abend.

Aus dem einen Abend werden sechs Monate. Lange dauert es, bis sie wirklich ein Paar werden, lange versucht sie, ihm zu widerstehen, ihrem Ehemann treu zu bleiben. Sie sehen sich immer öfter, verbringen viele Abende zusammen – Abende, an denen Carolins Ehemann wieder irgendwo mit irgendwem auf seine Frau vergisst.

Dann ist dieser eine Abend, sie scheint ihm unglücklicher denn je, sie versucht es zu verbergen, versucht lustig zu sein, ihn mit ihrem viel-zu-viel-Reden zu täuschen. Er stoppt ihren Redefluss mit einem Kuss, merkt, dass sie nach anfänglichem Zögern es genauso genießt wie er. Danach will sie irgendetwas sagen von „ich glaube, ich bekomme Kopfschmerzen", das lässt er ihr nicht durchgehen, so lässt er sie sich nicht wieder davonstehlen. Er hebt sie hoch, trägt sie in sein Schlafzimmer – es ist schon hell, die Vögel zwitschern, als Carolin nach diesem Abend zurück nach Hause geht.

Über ein halbes Jahr später, an ihrem fünfundzwanzigsten Geburtstag, sitzt er mit ihr auf der Terrasse eines Berggasthofes in der Sonne beim Mittagessen – wo zum Teufel ist eigentlich Carolins Ehemann, denkt er sich, was ist das bloß für ein Idiot, der gar nichts kapiert und für seine Ehefrau nicht einmal an ihrem Geburtstag Zeit hat, dem anscheinend alles viel wichtiger ist, als dieses wunderbare Geschöpf, mit dem er verheiratet ist. Carolin genießt die schon warme Frühlingssonne auf ihrem Gesicht und auf den mit aufgerollten

Blusenärmeln bloßen Armen, freut sich über die Einladung zum gemeinsamen Mittagessen an ihrem Geburtstag und hat keine Ahnung, was er ihr gleich sagen wird. Er wird ihr sagen, dass er es nicht mehr erträgt.

Wenn sie zu ihm kommt, kommt sie von ihrem Mann, wenn sie von ihm geht, geht sie zu ihrem Mann, und das erträgt er nicht mehr. Und deswegen, sagt Robert zu Carolin, nachdem er ihr die Autotür geöffnet hat, und sie jetzt neben ihm vor dem Auto steht und auf seine Umarmung wartet, und deswegen könnten sie sich nicht mehr sehen. Carolin schaut Robert an, ihm ist, als hätte sie gar nicht richtig verstanden, was er gerade zu ihr gesagt hat. Sie küsst ihn ganz zart auf den Mund, er ist zu überrascht, um den Kuss zu erwidern, dann geht sie weg. Sie geht über die Straße, blickt noch einmal kurz zu ihm zurück und verschwindet in der Haustür. Erst viel später begreift Robert, dass er einen Fehler gemacht hatte. Er hat sie nicht einmal gefragt, ob sie sich von ihrem Mann trennen würde, wenn er sie ganz für sich haben will, ob sie sich von ihrem Ehemann scheiden lassen würde, um mit ihm zusammen zu leben.

Jetzt war sie weg, jetzt war die schöne Zeit mit ihr einfach vorbei. All die vielen Monate ist Carolin fast jeden Abend nach der Arbeit gleich direkt zu ihm gefahren. Wozu sollte sie zuerst zu sich nach Hause fahren, wenn sie doch wusste, dass da niemand war, der auf sie wartete oder vor Mitternacht nach Hause käme, und bis dahin war sie ohnedies meist wieder zu Hause. Die Zeit dazwischen verbrachte Carolin bei Robert. Meist kochte er für sie, es freute ihn, sie glücklich zu sehen, mit ihr stundenlang zu reden, zu lachen, ihr von seinem Beruf zu erzählen, sie um Rat zu fragen, wenn er bei einem Problem nicht sicher war.

Wie sehr liebte er Carolins unkomplizierte Art und ihre Unbefangenheit, das schelmische Blitzen in ihren Sternenaugen, wenn sie mit einem ihrer, wie er es immer nannte, „frechen Hassadeur-Spielzügen" wieder ein Backgammon Spiel gewann. Stundenlang konnte er mit ihr durch Wald und Feld spazieren, nie murrte sie, wie viele andere Frauen, über ohnehin unveränderbare Dinge wie Wind und Wetter. Ausgelassen wie Kinder rannten sie durch den Regen und statt über ihre klatschnasse Haare und die ruinierte Föhnfrisur zu jammern, schnappte sie sich ein Handtuch und rubbelte ihre rot-braunen Locken trocken. Und jetzt war sie weg! Jetzt war sie wieder bei ihrem Mann? Der hat sie doch gar nicht verdient, aber jetzt war es zu spät. Er hat sie nicht *gehen lassen*, er hat sie *fortgeschickt*.

Kurz vor dem Weihnachtsfest erfährt Robert, dass Carolin schon seit Wochen von ihrem Ehemann geschieden ist. Sofort ruft er sie an, er hat noch immer ihre Nummer. Natürlich meldet sie sich nicht, sie ist nach der Scheidung sicher auch aus der kleinen schmucken Altbauwohnung weggezogen. Wo war sie bloß, er musste sie finden, jetzt, wo sie endlich frei war.

Carolin trifft beinahe der Schlag, als es an der Wohnungstüre ihrer Eltern läutet, sie die Tür öffnet, und... Robert steht vor ihr. Mehr, als die gestammelte Frage, wie er sie denn hier gefunden habe, bringt sie nicht über die Lippen, denn er nimmt sie ohne zu antworten in die Arme und küsst sie. - Carolins Mutter, neugierig, wer da geläutet hatte, drehte sich wortlos, mit einem wissenden Lächeln im Gesicht, wieder um und ließ die beiden alleine. Und kurze Zeit später hat er sie wieder gehen lassen.

Er hat Carolin einige Tage später mit genommen zu einem Hüttenwochenende in den Bergen, all seine Freunde waren dabei, viel zu viele

Menschen auf engstem Raum, keine Minute Zeit mit ihr alleine. Sie schien ihm verändert, irgendetwas Trennendes war plötzlich zwischen ihm und ihr, er kam nicht mehr wirklich an sie heran. Zwar sah und hörte er sie, ihre Stimme, ihr Lachen war wie immer, aber er konnte sie nicht fühlen. Es schien, als hätte Carolin rund um sich eine Schutzschicht aufgebaut, er schaffte es nicht, wirklich zu ihr durchzudringen. Carolin hoch heben und sie auf seinen Armen einfach wieder wegtragen, konnte er hier auch nicht, die Hütte hatte nur einen großen Schlafraum, an Zweisamkeit war hier nicht zu denken. Nach dem missglückten Wochenende trafen sie sich noch zwei, drei Mal, entweder zum Essen in einem Restaurant, oder zum Spazierengehen, und dann hörte er auf, sie anzurufen. Wieder machte er den Fehler, sie nicht zu fragen, sie nicht nach dem Grund zu fragen, warum sie so verändert schien.

Als er Carolin Monate später zufällig wiedersieht, und er sie spontan auf-einen-kurzen-Kaffee einlädt, fragt sie ihn nicht, warum er sich nicht mehr bei ihr gemeldet hat, macht ihm keinerlei Vorwürfe. Sie ist für ihn ungewohnt scheu und wirkt zerbrechlich, mit meist leiser Stimme erzählt sie ihm erst jetzt vom Ende ihrer Ehe, fragt ihn aus über das, was er in der Zwischenzeit getan hat. Nach und nach taut Carolin auf, wird wieder lebendig, stellt sich mühsam die Vertrautheit zwischen den Beiden wieder ein. Und dann gesteht sie ihm, wie leid es ihr tue, dass das letzte gemeinsam Wochenende so danebengegangen ist, sagt ihm, wie gerne sie wieder mit ihm zusammen wäre. Das würde Robert auch gerne, aber er hat eine Stelle als Chefchemiker der Niederlassung seiner Firma in Australien angenommen und ist nur noch zwei Tage in der Stadt....

Robert ist nicht glücklich in Australien, die flüchtigen Begegnungen mit Frauen reichen nicht für mehr, als für kurze Affären, umso mehr stürzt er sich in seine Arbeit. Warum hatte er diesen Job angenommen, weit weg, in Australien, am anderen Ende der Welt? Er hätte nicht weggehen dürfen, hätte bei ihr bleiben sollen nach diesem Hüttenwochenende in den Bergen, anstatt wieder so schnell aufzugeben. Wenn er zurückgekehrt war in seine Heimatstadt, musste er ihr endlich sagen, wie viel sie ihm bedeutet, und dass er sie für immer in seinem Leben haben will, für immer, als seine Frau.

Das nächste Mal, als er für ein paar Tage auf Urlaub zu Hause ist, sieht er Carolin ganz zufällig in der Stadt Er ist erst heute, vor ein paar Stunden, angekommen und wollte sie ohnedies am Abend anrufen, um sich mit ihr zu treffen, um ihr endlich zu sagen, was er so lange versäumt hat. Sie geht auf der anderen Straßenseite, an der Hand hält sie ein kleines Mädchen mit dunkelbraunen Locken, die ihm bis weit über die Schultern fallen. Jetzt hat er sie wohl endgültig verloren, jetzt ist sie wieder mit einem Anderen verheiratet und hat mit dem eine kleine Tochter, glaubt Robert zu wissen und geht weiter.

Und heute, nachdem er sie seinen Namen rufen hörte, wartete sie lächelnd auf der anderen Seite der Kreuzung, bis er sein Fahrrad neben ihr anhielt. Ihre Sternenaugen strahlten ihn an, sein zweiter Blick galt ihrer rechten Hand, da war kein Ring. Er begleitete sie ein Stück des Weges, schob sein Rad neben sich her und fragte Carolin gleich als erstes, ob sie ein zweites Mal geschieden sei, und wie es damit ihrer Tochter ginge. Geschieden, nein, ich habe nicht wieder geheiratet, und wie kommst du darauf, ich hätte eine Tochter, fragte sie ganz überrascht, und Robert gestand ihr, dass er sie zusammen mit dem kleinen, dunkel gelockten Mädchen gesehen hatte, sich aber nicht bemerkbar machen wollte und einfach davon gegangen war. Das war doch nicht meine Tochter, das war meine kleine Nichte, die Tochter meiner Schwester, lachte Carolin ihn aus...

Inzwischen waren Robert und Carolin auf der Brücke angelangt, auf der anderen Seite würde ihr Weg sich trennen. Robert lehnte plötzlich sein Fahrrad an das Brückengeländer, zog Carolin mit einem Ruck in seine Arme und küsste sie – mitten auf der Brücke, inmitten der Menschenmenge, die sich auf die andere Seite des Flusses schob, war es Robert und Carolin, als wären sie alleine auf der Brücke, als gäbe es nur sie beide, schien die Zeit stehen zu bleiben, schien sich alles mit ihnen zu drehen, sich alles nur mehr um sie Beide zu drehen. Du kannst nie vorher fragen, blitzte Carolin ihn schelmisch an aus ihren Sternenaugen. Doch, kann ich, hat Robert grinsend geantwortet, darf ich dich morgen Abend zum Essen einladen, Du und ich, wir beide ganz alleine? Bei mir?

Sie hat ja gesagt, und jetzt ist Robert ungewohnt aufgeregt, beinahe schon nervös, kontrolliert schon zum dritten oder vierten Mal die Temperatur des edlen Rotweins in der Karaffe, zupft immer wieder den, heute nachmittags noch schnell für sie auf der Wiese gepflückten, Strauß mit ihren

Lieblingsblumen zurecht, denn in ein paar Minuten wird sie an seiner Türe läuten...

Danke, sagt Carolin, Tage später, am späten Abend nach dem ersten, wieder gemeinsam verbrachten Wochenende, nach einem wundervoll harmonischem Nachmittag, den sie mehr im kuscheligen Bett verbracht haben, als draußen im Freien. Wofür hast du jetzt Danke gesagt, wundert sich Robert. Hast du denn das Klirren nicht gehört, das waren meine Glaswände, die Trennwände aus Glas, die waren seit Jahren immer rund um mich herum, als Schutz, und du hast sie gerade vorhin zum Einstürzen gebracht, antwortete sie. Ach, das war es also; und ich dachte, das Klirren käme von draußen, glaubte schon, die Racker drunten im Hof hätten mit ihrem Ball schon wieder eines der Fenster eingeschossen, neckte er sie. Aber, wenn ich das gewesen bin, dann verspreche ich, dass ich den ganzen Glasschutt aufkehren und entsorgen werde. Und komm nicht auf die Idee, neue Trennwände aufzubauen, Glastrennwände sind ausverkauft, du kannst auch keine mehr nachbestellen? Und warum ist das jetzt so, wollte Carolin schmunzelnd von ihm wissen und bekam als Antwort, weil ich den ganzen Restbestand aufkaufe und die Produktion einstellen lasse. Glastrennwände ausverkauft, Nachlieferung nicht mehr möglich! Pass nur auf, kontert Carolin mit schelmischem Blitzen in ihren Sternenaugen, dann sei ja immer lieb und nett zu mir, denn im Notfall kann ich ein anderes Material für Schutzwände finden, Beton zum Beispiel.

Untersteh dich ja nicht, warnt Robert, zieht sie in seine Arme - ohne vorher zu fragen, was sonst? - und dreht ihr hübsches Gesicht zu sich, um sie mit einem innigen Kuss zumindest für eine Weile zum Schweigen zu bringen. Er hat sie schon alles gefragt, was ihm wichtig ist, hat ihr all die Fragen, gestellt, die er so lange Zeit vor sich hergeschoben hatte, heute Nachmittag bei einem Spaziergang über blühenden Sommerwiesen auch die allerwichtigste. Willst du meine Frau werden, hat er sie gefragt – sie hat *ja* gesagt.

***

REISETAGEBUCH EINES PROVINZMÄDCHENS
CALIFORNIA 1985

31. August: Schon eine Woche vorher begann das große Bangen, ich bekäme meine Flugnummer nicht rechtzeitig. Doch vier Tage vor Abreise ist sie endlich da. Ich schicke sofort ein Telegramm an Eric, der mich aber von sich aus noch am selben Tag im Büro anruft, so ein Zufall! Großes Kofferpacken, ich darf ja nichts vergessen. Am Vorabend dann noch ein Treffen mit meiner besten Freundin – ich sehe sie doch sechs Wochen lang nicht.

3. September Wir gehen ins *Moby Dick* – zum Pizza essen. Bin aber schon um einundzwanzig Uhr zu Hause. Ich muss ja bereits um drei Uhr morgens wieder aufstehen, weil mich diese Idioten vom Taxiunternehmen unbedingt schon um zehn nach halb vier abholen wollen. Damit ich ja nicht verschlafe, Weckdienst anrufen nicht vergessen!

4. September Wie gelähmt höre ich das Telefon läuten, bin sofort wach – nach nur fünf Stunden Schlaf – und natürlich sehr aufgeregt.

Letztes Packen, Haare waschen, Makeup, mein rosa Trägerrock; es muss alles perfekt sein. Ich habe Eric ein Jahr lang nicht gesehen, und er soll beeindruckt sein. Schon fünf Minuten nach halb fünf stehe ich mit zwei Koffern vor der Haustüre. Das Taxi ist pünktlich, Noch eine Dame abholen, dann geht's ab nach München: Um sieben kommen wir dort an – und mein Flugzeug geht erst um zwanzig nach elf.

Endloses Warten. Zuerst ins Restaurant – ein Kaffee, er ist schrecklich, typisch für Deutschland. Der KLM Schalter macht erst in eineinhalb Stunden auf. Bis dahin, warten und stricken. Ich bin die Erste beim Einchecken und ohne Gepäck ist es einfacher, noch Einkäufe im Duty-free-Shop - und wieder warten. Ich bin so aufgeregt wegen der Fliegerei. Das letzte Mal, wäre ich beinahe gestorben vor Angst. Aber dieses Mal scheine ich es zu überleben. Der Start ist vorüber, und ich fühle mich großartig. Der Flug verläuft ein bisschen turbulent, aber nicht unangenehm. Mir fällt gleich ein unglaublich gut aussehender Mann auf – ein Amerikaner. Aber er wird sicher für länger der einzige bleiben – Amis entsprechen nicht wirklich meinem Geschmack.

Auch die Landung in Amsterdam nach einer Stunde und zwanzig Minuten verläuft glatt – kein Kopfweh, keine Übelkeit, gar nichts. Ich kann es kaum fassen. Mein Gepäck wird gleich ins nächste

Flugzeug gebracht – hoffe ich. Ich habe unglaubliche Angst, mein Gepäck könnte verloren gehen. Beim Überfliegen von Holland hat mich wieder die Sehnsucht nach diesem Land gepackt. Ich werde nächstes Jahr wieder auf Urlaub hinfahren, nehme ich mir vor. Der Duty-free-Shop in *Amsterdam* ist überwältigend – so groß! Überhaupt, der ganze Flughafen ist überwältigend Gigantisch!

Als ich meine Maschine, eine Boing 747, für den Weiterflug nach *Los Angeles* sehe, falle ich fast in Ohnmacht. Ich habe sie mir nicht so groß vorgestellt – Platz für fast fünfhundert Personen! In der Reihe vor mir steht beim Einsteigen der fesche Amerikaner. Ich hoffe, dass er neben mir sitzen wird, aber, Pech gehabt, er hat seinen Platz fünf Reihen weiter vorne. Von innen ist das Flugzeug noch gigantischer als von außen. Zehnerreihen zum Sitzen, drei Leinwände für Filmvorführungen. Beim Warten aufs Einsteigen lerne ich eine Österreicherin kennen – Eva aus Salzburg. Ich habe trotz des guten Fluges nach Amsterdam Angst vor dem Start, kaue verbissen auf dem Kaugummi herum – endlich sind wir über den Wolken. Alles ist glatt gegangen, die Sicherheitsgute müssen aber weiterhin geschlossen bleiben – für die nächsten zwei Stunden! Es gibt wieder heftige Turbulenzen. Wir haben einen hübschen Burschen als Steward. Der Flug vergeht eigentlich sehr schnell, ununterbrochen gibt es etwas: Drinks, Essen, dann einen James-Bond-Film, den habe ich aber schon zu Hause im Kino gesehen. Dann wieder Drinks und Essen, dazwischen Stricken und Lesen, Gespräche mit Eva, die hinter mir sitzt. Neben mir sitzt ein sechsjähriger Amerikaner mit seiner Mutter – ein Quälgeist! Ich kann einfach nicht verstehen, was er sagt, muss wohl irgendein amerikanischer Dialekt sein. Manchmal sehe ich aus dem Fenster – fast die ganze Zeit über Wolken. Wenn etwas vom Land zu sehen ist, dann Wüste, Eisbrocken im Meer, keine Städte, gar nichts und das über Stunden. Wir fliegen über Island, Grönland, Canada. Ich entdecke, dass aus den Kopfhörern Musik kommt, Modernes und, ich bin hoch erfreut – Klassische Musik. Ausgerechnet beim Landeanflug läuft Bolero von Ravel. Die Stimmung ist einfach traumhaft. Es würde keine andere Musik besser passen. Ich zittere, ob die Landung wohl glatt geht, aber es verläuft wieder alles gut. Ich bin in Los Angeles! Endloses Warten beim Zoll. Mir ist immer noch bange, hoffentlich ist Eric am Flughafen, hoffentlich findet er mich. Ganz am Ende der Wartenden sehe ich ihn endlich. Wir fahren am Strand entlang nach *Hermosa Beach*. Es ist fast 18.00 ich war mehr als einundzwanzig Stunden unterwegs. Aber ich bin nicht müde. Wir gehen in ein tolles

Restaurant, es gibt dort Fischspezialitäten. Ich weiß zwar nicht, was es ist, aber ich bestelle „*shark*", ein sehr guter Fisch, mit viel Salat und Reis, dazu sehr guten Rotwein. Ich gebe Eric mein Geschenk, worüber er sich sehr freut. Er meint, es wäre zu teuer. Vor dem Restaurant stellen wir fest, dass Eric das Licht am Auto brennen lassen hat und die Batterie leer ist. Er ruft seine Freundin Dolores an und bittet sie, uns abzuholen. Während des Essens hat mir Eric schon erzählt, dass er wieder mit der Mutter seines Sohnes zusammenlebt und sie ein zweites Baby bekommen. Er wollte es mir nicht schreiben, sondern bei meiner Ankunft persönlich sagen. Na ja, zuerst war es schon eine Überraschung, doch Dolores ist ein wirklich nettes Mädchen, sehr hübsch - und schon im siebten Monat schwanger. Dann will ich nur noch ins Bett, ich bin inzwischen todmüde.

5. September: Gestern war ich anfangs enttäuscht von Erics Haus, ganz klein, bloß drei Zimmer, Küche und Bad, aber ausgeschlafen, heute Morgen, sieht alles schon viel besser aus. Wir gehen zum Shopping – ausgerechnet, wo ich doch nichts mehr hasse, als zum Einkaufen zu gehen. Von diesem Einkaufszentrum bin ich dann doch sehr fasziniert - drei große Kaufhäuser in einem, mit

Glaskuppeln und großem Springbrunnen, aber sehr, sehr teuer. Der Tag klingt ruhig aus, Dinner mit Dolores und dem kleinen dreijährigen David, ein bisschen Fernsehen und Stricken. Eric arbeitet bis spät in die Nacht hinein.

6. September: Wir bringen Eric nach Los Angeles zur Arbeit und besichtigen das tollste Museum, das ich je gesehen habe. Alles ausgestopfte Tiere – wie lebendig. Und faszinierende Aquarien, die die Tierwelt am Meeresgrund zeigen. Am Abend fahre ich mit Eric in die Berge. Er kommt erst um zehn Uhr abends von der Arbeit, daher sind wir erst kurz vor Mitternacht in *Wrightwood*, wo er ein sehr schönes Ferienhaus hat. Am Weg hat er für mich noch eigens Kaffee und Baileys gekauft, weil ich das so gerne mag. Ich muss fast lachen, er schläft auf einer Matratze im Wohnzimmer vor dem Kamin und überlässt mir allein das Schlafzimmer, obwohl da vier Betten drin stehen. Seine kleine Nichte ist ihm wohl zu erwachsen geworden, jetzt ist es nicht mehr so locker.

7. September: Wir gehen auswärts zum Frühstücken. Wie kann man bloß so einen Haufen Zeug auf einmal essen – noch dazu am Morgen? Wir sind mit dem Motorrad gefahren – für mich das erste Mal. Zuerst habe ich Angst, doch dann macht es mir riesigen Spaß. Wir treffen Erics Mutter und seine Schwester, also Tante und Cousine, die beide auch hier in den Bergen wohnen. Am Nachmittag sitze ich in der Sonne und stricke – hole mir meine erste Bräune und Eric putzt sein Motorrad. Am Abend Dinner in Los Angeles, in Chinatown. Ein nettes italienisches (!) Restaurant mit super Essen. Eric zeigt mir noch sein Büro und lässt mich aus dem Fenster im zweiunddreißigsten Stock schauen – einfach umwerfend dieses Lichtermeer. Mir wird fast schwindelig. Eric bringt mich nach Hause und fährt zurück nach LA, um bis fünf Uhr früh zu arbeiten, wenn das noch lustig ist, ich weiß nicht.

8. September: Es gibt in der Nähe von Pico eine Geburtstagsparty. Ich darf hinfahren, ich liebe es Auto zu fahren, normalerweise, zu Hause – aber hier ist es höllisch. Ich bin begeistert von dem Ort am Strand – blitzblaues Meer und viele Palmen. Die Party ist recht lustig, ich trinke ein halbes Glas Champagner. Nach gut einer halben Stunde gehen wir wieder. Ich kann überhaupt nicht verstehen, dass wir zweieinhalb Stunden hin und die gleiche Zeit wieder zurück fahren, nur, um so kurz auf einer Party zu sein – in Kalifornien ist das eben so, man geht nur auf einen Sprung hin, gratuliert, überreicht ein Geschenk, nimmt einen Drink und geht wieder, und so etwas dauert für denjenigen, der Geburtstag hat, dann trotzdem vier bis fünf Stunden, hat mir Eric später erklärt.

13 September: Es passiert die letzten Tage nicht viel. Am Vormittag gehe ich mit Dolores einkaufen und liege dann den ganzen Nachmittag am Strand. Ich wundere mich über die Kalifornier, die Frauen gehen mit Lockenwicklern, ausgeleierten T-Shirts und kurzen Hosen zum Einkaufen, auch die alten Frauen, andere fahren auf Rollschuhen und im Bikini die Straße am Strand entlang. Wenn das Eine in Tirol machen würde, undenkbar!

14. September: Wir besuchen Dolores Mutter in San Pedro. Am Nachmittag bin ich wieder am Strand, langsam bekomme ich Farbe. Am Abend gehe ich zum ersten Mal alleine aus – ins California-Beach, ein Japanisches Restaurant mit einer Bar. Dort lerne ich zwei lustige Typen kennen – einen Mexikaner und einen Japaner. Beide sagen mir dann eindringlich, ich sollte als Mädchen nicht alleine ausgehen, das wäre viel zu gefährlich für mich. Der Mexikaner bringt mich dann noch heim zu Eric, damit mir ja nichts passieren kann.

15. September: Heute gehe ich früher als sonst an den Strand – und schlafe ein. Nach über einer Stunde wach ich auf, und meine Haut ist leicht gerötet. Ich bemerke einen hübschen Burschen, der einige Meter weiter im Sand liegt. Er schaut auch immer wieder her. Am Weg, als er aus dem Wasser kommt, geht er bei mir vorbei und quatscht mich an. Er legt sich neben mich, und wir unterhalten uns den ganzen Nachmittag blendend. Er heißt Gordon und ist drei Jahre älter als ich, sieht gut aus, ganz mein Typ: groß und schlank, blaue, wunderschöne Augen, einen Schnurrbart und natürlich dunkle Haare. Wir gehen noch zusammen Kaffeetrinken und quatschen fast bis zum Sonnenuntergang. Wir verabreden uns für den nächsten Tag, am gleichen Platz gegen dreizehn Uhr. Na ja, nun habe ich doch jemanden kennengelernt. Von Eric sehe ich sehr wenig, er arbeitet Tag und Nacht. Heute beschließe ich, nicht alleine wegzugehen, sonst passiert mir wirklich noch etwas. Beim Duschen merke ich, dass ich eine Superfarbe bekommen habe. Alles in allem ein schöner Tag!!!

16. September: Ich gehe sehr früh an den Strand, obwohl ich erst um dreizehn Uhr mit Gordon verabredet bin. Es ist ein traumhafter Tag, am Himmel ist keine einzige Wolke. Ich verbringe den ganzen Nachmittag am Strand mit Gordon. Er sieht wirklich fantastisch aus. Wir treffen uns auch am Abend. Vorher muss er noch einmal in seine Wohnung, seine Schwester kommt kurz bei ihm vorbei. Die wüsteste Wohnung, die ich je gesehen habe! Wir fahren zum *Red Onion,* ein Club mit live Musik, restlos überfüllt und fürchterlicher Lärm, eben typisch amerikanisch. Es gibt mexikanisches Essen - man serviert es ohne Besteck! Gordon isst ganz selbstverständlich –wie alle im Lokal - mit den Fingern, Die spinnen, diese Amis, würde Asterix sagen. Ich habe viel Spaß mit Gordon, wir albern herum und lachen. Er erzählt mir über viel über Kalifornien. Übrigens hat er den ältesten Kübel von Auto, den ich je gesehen habe – einen *Pontiac Fire Bird* in blau, mit einem heftigen Blechschaden am Heck. Na ja, er fährt wenigstens, besser, als zu Fuß zu gehen. Als mich Gordon nach Hause bringt, öffnet er mir galant – wie er sonst auch ist – die Wagentüre und lässt mich aussteigen. Zum Abschied bekomme ich einen kleinen Kuss auf die Wange, er hofft, mich auch morgen am Strand zu treffen.

17. September: Da Eric nichts Gemeinsames geplant hat, gehe ich hinunter an den Strand. Gordon ist noch nicht da, ich bin ganz ungeduldig, so gegen halb zwei kommt er endlich. Zwei Stunden später kommt Erich mit zwei Deutschen an den Strand, die sind mir nicht sonderlich sympathisch. Die Zeit am Strand vergeht sehr schnell. Wir fahren am Abend alle sieben – Eric, Dolores, David, die zwei Deutschen, Gordon und ich – ins *Red Onion* zum Dinner. Als mich Gordon in meinem rosa Kleid sieht, meint er, ich sehe richtig süß aus. Das Essen im *Red Onion* – mexikanisch – ist hervorragend. Ich genieße eine Art von Krabbensalat, Gordon hat für mich bestellt. Die ganze Rechnung bezahlt Eric – er lässt sich nicht davon abbringen. Die anderen möchten nach dem Dinner gleich zu Bett, ich gehe natürlich noch mit Gordon. Wir bummeln durch *Hermosa Beach* und er führt mich zum Pier. Es ist berauschend, bei dunkler Nacht den großen Wellen zuzusehen. Mir wird dann doch zu kalt, und wir suchen uns ein Lokal. Wir finden nach langem Herumsuchen eine reizende kleine Bar, *Hennessey's Tavern*, wo zwei Burschen auf der Gitarre spielen und dazu singen. Gefällt mir super gut! Gordon hat schon beim Spazieren gehen entweder den Arm um mich gelegt, oder meine Hand gehalten, und er tut es immer noch, auch im Lokal. Wir gehen spät, erst um fast halb zwei. Vor dem Haus versucht er mich zu küssen, ich wehre ihn ab, obwohl ich mich eigentlich gar nicht von ihm trennen möchte.

Als ich in mein Zimmer komme, glaube ich, jetzt trifft mich der Schlag, die beiden Deutschen schlafen da und einer sogar in meinem Bett. Mir hat man eine Matratze auf den Boden gelegt. Da soll ich schlafen, mit zwei fremden Männern im Zimmer! Ich bin empört – typisch Deutsche, typisch Männer! Morgen werde ich das ändern, was glauben die eigentlich. Trotz meiner Wut und obwohl ich am Boden liegen muss, schlafe ich gleich ein.

18. September: Wieder ein herrlicher Tag! Bin mit Gordon am Strand, danach, wie üblich, zum Kaffee trinken im *La Playita*, dazu gibt es Maischips mit Chilisauce – sonderbare Mischung! Ungewohnt ist, dass man hier für eine Tasse Kaffee bezahlt und so viele Tassen trinken kann, wie man will. Eric wird erst um zweiundzwanzig Uhr zurück sein, Dolores und David sind auch nicht da, daher gehe ich mit Gordon zum Dinner. Wir gehen zu den beiden Italienern um die Ecke. Das Essen ist gut, große Salatbar und Spaghetti. Wir spazieren danach zum Pier, beobachten die Wellen. Nachher gehen wir wieder ins *Hennessey's*. Leider sind die beiden Musiker von gestern nicht da, es spielt nur ein Bursche, recht gut, muss ich sagen. Wir gehen erst nach halb zwölf Uhr nachts nach Hause. Heute habe ich wieder mein großes rundes Couchbett im

Gästezimmer für mich alleine, Hans und Stefan, die beiden Deutschen, schlafen im Wohnzimmer - im Schlafsack auf dem Boden. Na, geht doch!

19. September: Ich wache viel zu früh auf, die beiden Deutschen sind so laut. Ich kriege im Halbschlaf mit, dass sie abreisen. Gott sei Dank!!! Gordon holt mich am späten Vormittag ab, um mit mir nach St. Monica zu fahren. Sein Auto ist kaputt, also fahren wir mit dem Bus, das dauert fast eineinhalb Stunden. Gordon schleppt mich endlos zu Fuß durch den Ort, dann durch die Marina, wo tausende von Booten liegen. Ich bin begeistert, aber trotzdem hundemüde vom vielen Herumlaufen. Zum Abendessen sind wir bei einem Freund von Gordon eingeladen. Steven, er ist ein türkischer Einwanderer, und seine Freundin Ana, sie ist Amerikanerin, sind die nettesten Leute, die ich bisher in Kalifornien kennengelernt habe. Das Abendessen ist köstlich, es gibt dazu Kalifornischen Rotwein. Danach spielen wir *Back Gamon* – ich verliere natürlich zwei Mal. Danach spiele ich zum allerersten Mal in meinem Leben ein Videospiel. Es ist sehr, sehr lustig. Steven fährt uns zurück nach *Hermosa Beach*. Ich habe ihm meine Andresse in Innsbruck gegeben, damit er mich besuchen kann, wenn er Ende Oktober für einige Wochen nach Europa fliegt.

20. September: Ich schlafe sehr lange und weiß nicht, was los ist mit mir. Als Gordon zu Mittag anruft, zicke ich herum und will den Rest des Tages – es ist etwas kühl und wolkig – ohne ihn, nur mit Eric und Dolores, verbringen. Es tut sich auch am Abend nicht viel außer Fernsehen, und ich gehe früh schlafen.

21. September: Um halb sieben reißt mich das Telefon aus dem Schlaf. Es ist meine Schwester, in Innsbruck ist es halb vier am Nachmittag. Ich bekomme gar nicht alles mit, was sie sagt, weil ich noch fast schlafe. Gordon wollte mich um zwölf anrufen, da er es nicht tut, gehe ich alleine zum Strand. Dort wartet er schon auf mich. Wir beschließen, nicht am Strand zu bleiben, weil es wolkig ist. Nach langem Überlegen wohin, fahren wir nach *LA Down Town*. Der Bus macht endlose Umwege über den Flughafen. Ich bin wieder erstaunt über die hohen Wolkenkratzer. Sie sind wirklich sehr, sehr hoch. Wir bummeln durch die Stadt. Zuerst gehen wir in ein „Einkaufszentrum", wo es nur Schmuck gibt, alles echt. Ich habe noch nie solche Haufen von Diamanten und Gold gesehen. Aber es ist alles kitschig, typisch amerikanisch, eine ganze Straße lang beidseits voller Juwelierläden. *Down Town* gefällt mir nicht, eine so hässliche Stadt habe ich noch nie gesehen. Gordons Schwester Debbie holt uns ab, und wir gehen zusammen mit ihrem Mann Danny zum Dinner. Ein tolles, mexikanisches Restaurant. Danach kommt der Höhepunkt des Abends. Wir fahren ein Stück in die Berge zu einem Lokal. Die Palmenallee dorthin ist eine einzige Lichterallee. Dann das Lokal: eine traumhafte Aussicht von der Terrasse ins Tal – ein richtiges Lichtermeer. Ich habe noch nie so einen Ausblick genossen, einfach sagenhaft: Man kann draußen sitzen, an einer Feuerstelle, es ist gar nicht kalt. Ich kann mich am Ausblick nicht sattsehen. Gegen halb elf fahren wir zurück nach *Hermosa Beach* Es kann sein, dass Gordon morgen arbeiten muss. Ich bin sehr egoistisch und hoffe, dass nicht. Was soll ich schon alleine tun? Ich habe mich sehr an seine Gesellschaft gewöhnt.

22. September: Gordon ruft um elf an, er muss nicht arbeiten. Wir gehen zum Strand. Ich weiß nicht warum, aber ich langweile mich sehr und alles geht mir auf die Nerven. Um drei kommt eine große Wolke und wir verlassen den Strand, gehen ins *La Playita* Kaffee trinken. Was heißt Kaffee, eine

Krankheit ist das, das ist nicht mehr, als dunkelbraunes Wasser. Ich freue mich schon jetzt auf den ersten Kaffee in Innsbruck Wir beschließen, nach *Manhatten Beach* zu spazieren, dort gibt es eine Bibliothek, die deutschsprachige Bücher hat – ein Gewaltmarsch von mehr als einer dreiviertel Stunde. Noch dazu vergebens, da ich nicht in den USA lebe, kann ich kein Buch ausleihen. Gordon könnte es, hat aber keinen Führerschein oder sonstigen Ausweis dabei. Ich bin wütend, die ganze Strecke umsonst! Aber meine Wut dämpft sich schnell, ich entdecke ein italienisches *Espresso* – endlich guter Kaffee, ein richtiger „Kleiner Brauner", heiß und stark - und teuer. Ich bezahle umgerechnet fast fünfzig Schilling. Gordon muss ich einladen, er hat kein Geld. Musste ich mir ausgerechnet einen arbeitslosen Ami mit Gelegenheitsjobs anlachen? Aber dafür sieht er gut aus und hat viel Zeit für mich. Trotzdem will ich dann den Abend alleine verbringen, mir wird alles ein wenig zu nahe und zu eng.

Ich geh alleine ins *Two Guys from Italy* Abend essen und danach ins *Hennessey's Tavern*, ich mag die Musik! Ich lerne Larry, einen reizend schrulligen Amerikaner kennen. Larry, der mich nach kaum mehr als einer halben Stunde zum Segeln einlädt, na ja, ich werde sehen.

23. September: Zuerst denke ich, es wird ein langweiliger Tag, treffe Gordon am Strand, er muss aber um halb drei zur Arbeit, also gehe ich bald darauf auch und kaufe ein paar T-Shirts für meine Brüder und meine Nichte – ganz billig! Nach dem Essen, wieder bei den Italienern, gehe ich – wohin sonst? – ins *Hennessey's* und stelle begeistert fest, dass dieselben Burschen Musik machen, als am ersten Abend. Ich treffe dort Larry wieder, wir unterhalten uns gut, und ich trinke drei Glas Wein – auf seine Rechnung, er besteht darauf. Er will mich morgen nach Hawaii mitnehmen, ist doch total verrückt. Ich gebe ihm meine Adresse in Innsbruck, er hat geschäftlich öfter in München zu tun und will mich dann zumindest in Innsbruck besuchen und mit mir Essen gehen. Na ja, mal schauen!

26. September: Vorgestern feierten wir Davids vierten Geburtstag, mit großer Party in einem riesigen Park in *Manhatten Beach,* viele Gäste, etwa zwanzig Erwachsene, acht oder zehn Kinder, Riesenhaufen von Hamburgern werden gegrillt und David bekommt wahnsinnig viele Geschenke, sogar ein Fahrrad ist darunter, eine noch nie gesehen kitschige Torte, die alle Farben spielt, geschmückt mit Zuckertieren und kleinen Plastikpalmen, zu allem Überfluss ist das Ding auch noch viereckig!

Gestern war wieder eine Party – *Barbeque Party* mit der ganzen Verwandtschaft. War recht nett, aber blöderweise hatte ich keinen Bikini mit, und die anderen waren alle im *Swimmingpool* oder in dem neuen *Hot Whirl Pool*.

Heute Abend sitze ich schon wieder alleine im *Hennessey's*, die Musik ist super, einfach klasse! Gerade, als ich bezahlen will, bringt die Kellnerin noch ein Glas Wein – jemand hat mich dazu eingeladen. Ich errate gleich, wer es war, und er kommt an meinen Tisch. Es ist ein „ältlicher Herr", also etwa Mitte/Ende Dreißig. Er entführt mich in ein anderes Nachtlokal, wo man super Blues spielt. Er möchte mir „ganz Southern-California" zeigen! Wieder ein verrückter Ami mehr, wenigstens ist dieser sehr nett und unterhaltsam. Ich soll ihn morgen anrufen, er will mich zum Dinner ausführen. Natürlich ist er unglücklich verheiratet - und fünfzig Jahre alt. (Ich hätte ihm nie mehr als höchstens vierzig gegeben!) Natürlich werde ich ihn nicht anrufen!!! Als ich nach Hause komme, sieht Eric noch fern, ich aber will schlafen gehen, ich bin müde.

29. September: Der langweiligste Tag seit ich hier bin. Was plage ich mich eigentlich, Tag für Tag aufzuschreiben, was ich hier in *Califonia* erlebe. Ist ja eh jeden Tag beinah dasselbe. Okay, der Strand ist super, die riesigen Wellen fantastisch, das Wetter wunderschön und heiß, fast wie im Hochsommer daheim in Innsbruck. Es ist so schade, dass wir kaum etwas von dem, was Eric für meinen Urlaub hier geplant hatte, wirklich tun können. Ein Flug für ein paar Tage nach San Franzisco, ein verlängertes Wochenende in Mexico (der Visastempel ist schon in meinem Pass!), alles ist ins Wasser gefallen, da Eric nicht, wie geplant, mindestens vier Wochen Urlaub nehmen konnte, weil er erst zwei Monate vor meiner Ankunft in eine andere Kanzlei gewechselt hat. Und jetzt sitze ich fest an diesem Ort, gehe an jedem Nachmittag an den Strand, (wie langweilig!), am Abend, gleich wie zu Hause in Innsbruck, immer nur in dasselbe Lokal (wie langweilig!). Wenn es nicht aufregender wird, brauch ich das alles auch gar nicht mehr aufzuschreiben, das interessiert mich in zwanzig Jahren doch eh nimmer und nach mir auch niemanden. Das, was wirklich schön und wert ist, es in Erinnerung zu behalten und herumzuzeigen, die Schönheit der Landschaft, die Palmen, die riesigen Wellen, auf denen die Surfer reiten, vom Pier aus beobachtet die im Meer untergehende Sonne, und noch so vieles andere Schöne, das man mit Worten gar nicht beschreiben kann, davon habe ich Fotos gemacht, dafür gibt es ein großes Album, ein zum-

Anschauen-Tagebuch. Dass mich jeden Tag ein Anderer anbaggert, dazu brauch ich auch nicht in Kalifornien zu sein, das funktioniert schon bestens in Innsbruck. Ich bin ja soundso nicht der Typ für Urlaubsbekanntschaften, ich will mich doch nicht in jemanden verlieben, den ich sowieso in zwei oder drei Wochen wieder verlassen muss, das ist totaler Schmarren, weil, wenn es richtig funkt, dann gibt es auf jeden Fall mindestens ein gebrochenes Herz, entweder meins, weil ich wieder heimfahren muss, oder seins, weil er da bleiben muss.

1. Oktober: David weckt mich um dreiviertel sieben, ich kann es kaum glauben, wir fahren nach *Disneyland*, Dolores hat vorher kein Wort gesagt, sie wollte mich überraschen. Ich bin beeindruckt, habe es mir nicht so großartig vorgestellt. Die erste Fahrt kommt mir vor, wie eine tolle Geisterbahn – altes Haus, Gespenster, Geister und so Zeug. Aber dann geht es zu den *Piraten* und es sind nur Puppen, aber erscheint so wirklich – die reden und klappern sogar mit den Wimpern. Es gibt eine Szene mit einem Kampf am Meer, die schießen wie in echt, alles, als ob es richtige Menschen wären. Wir fahren noch am *Matterhorn*, ähnlich einer Hochschaubahn – ich schreie und quietsche vor Vergnügen. Einzig negativ ist David, er ist so verzogen und lästig – wenn der

Fratz mir gehörte, ich hätte ihn schon lange ins Meer geworfen. Wenn ich denke, was meine kleine Nichte für ein braver süßer Engel ist. Und die Fotografen sind auch schön nervig, andauernd ist da ein so ein menschengroßes Plüschungetüm, *Minnie Maus, Goofy, Pluto* oder *Donald Duck,* die mit einem für ein Foto posieren wollen. Kosten natürlich Länge mal Breite. Puh, anstrengend! Am Abend gibt es wieder einmal kein Abendessen – Dolores hasst es zu kochen, ich kann die Hamburger-in-Papiertüten-zum-Mitnehmen-von-der-Fast-Food-Kette gar nicht ausstehen, und so lande ich wieder einmal bei den zwei Italienern.

12. Oktober: Fein, es ist Samstag und Gordon braucht nicht zu arbeiten. Das Wetter ist wieder schlecht und ich möchte nach *Hollywood* und *Beverly Hills.* Wir fahren mit dem Bus. Endlos! Nach etwa eineinhalb Stunden erst sind wir in *Hollywood.* Ich sehe all die Sterne mit den Namen der Stars und die Platten mit den Fuß- und Handabdrücken vor dem *Chinese-Theater,* wo alle neuen Filme Premiere haben. Sonst ist *Hollywood City* nichts Besonderes. Eine Stadt gleich wie alle, die ich bisher in *Kalifornien* gesehen habe. Wir fahren weiter nach *Westwood* und trinken Kaffee in einem sehr nett nostalgisch eingerichteten Lokal. Dann geht es weiter nach *Beverly Hills*, gefällt mir schon besser, erinnert mich an *St. Gallen*, nur sind die Häuser viel pompöser! Zurück nach Hause fahren wir über *Santa Monica*, versuchen Steve zu erreichen, der hat aber schon etwas vor und wir machen aus, dass wir ihn am Montag besuchen. Als wir endlich wieder in *Hermosa Beach* ankommen, bin ich hundemüde und hungrig. Gordon will zuerst in seine Wohnung, sich umziehen. Sein Bruder hat gerade Hähnchen und Fisch gekauft – Gedankenübertragung! Abends im *Hennessey's* spielen meine Lieblingsmusiker. In meinem „Stammlokal" kenne ich jetzt schon viele junge Leute, besonders nett finde ich Robert und seine Freunde, die mich heute, gleich als ich ins Lokal komme, an ihren Tisch holen. Der Abend ist nett und lustig, und Robert und seine Freunde laden mich ein, mit ihnen morgen gemeinsam *football* zu schauen.

13. Oktober: Sonntag – schlecht Wetter, ich rufe Robert an und er holt mich ab. Alle seine Freunde sind bei ihm versammelt und schauen ein *Football Spiel* im Fernsehen an. Nach einigen Erklärungen verstehe ich endlich diesen Sport und finde es recht lustig. Am Abend gibt es *barbeque* – Hähnchen und Maiskolben – schmeckt köstlich. Erst spät am Abend bringt mich Robert nach Hause.

14. Oktober: Wieder kein besonders gutes Wetter. Gordon lädt mich zum Essen nach *Fisherman's Village* ein, ein reizendes kleines Feriendorf in *Marina del Ray*, eigens für Touristen gemacht, fast kitschig mit seinen bunten Häusern, doch mir gefällt es sehr gut. Ich esse frittierte Shrimps mit Zucchinigemüse, einfach köstlich. Gordon will noch eine Weile vor dem Haus herumknutschen, aber ich sträube mich wieder. Das Bewusstsein, dass ich in wenigen Tagen nach Hause fliege, bremst meine Leidenschaft. Ich finde ihn sehr nett als Begleitung, mehr mag ich nicht zulassen. Irgendwie freue ich mich auf zu Hause – ich habe ein wenig Heimweh. Na ja, noch vier Tage. Hoffentlich ist morgen schönes Wetter – ich möchte an den Strand, damit meine Hautfarbe noch etwas dunkler wird.

15. Oktober: Da hatte gestern aber jemand schlechte Laune!!! Das mit dem heute-Strand-liegen klappt, es ist zwar nicht gerade übermäßig heiß, aber sehr angenehm – und, ich Dummkopf bin am Strand eingeschlafen. Ich sehe aus wie eine Indianer, das ganze Gesicht rot und auch der Bauch. Am Abend fährt Robert mit mir zum Pier in *Redondo Beach,* er hat mich zum Dinner eingeladen. Es ist richtig nett hier. Am edel gedeckten Tisch sitzen schon seine Freunde, drei Jungs und zwei Mädel - einer der Jungs ist Larry, der, den ich für verrückt gehalten habe, weil er mich am ersten Abend eingeladen hat mit nach Hawaii zu fliegen. Lachend erklärt mir Robert im Laufe des Abends, dass Larry keineswegs verrückt ist, sondern nur zwei Probleme hat, er hat viel zu viel Geld und ist trotzdem alleine und oft einsam. Also lädt er alle zwei Monate ein paar Leute, die er sympathisch und in die Gruppe passend findet, für ein paar Tage in sein Haus auf Hawaii ein. Gefährlich sei das eher für Larry, wenn der einmal jemanden Falschen erwischt, jemand, der seine naive Vertrauensseligkeit und Großzügigkeit ausnützt. Ich schau ziemlich dumm aus der Wäsche – die anderen lachen herzlich über mich kleinen Angsthasen, am meisten natürlich Larry. „Meine sechs Amerikaner" zeigen mir dann den ganzen Strand von oben, und wir fahren nach *Penninsula*, eine Halbinsel, von der ich bis Santa Monika sehen kann - und eine Million Lichter! So eine Aussicht habe ich noch nie gesehen, es ist umwerfend. Zum Abschluss dieses wirklich schönen Abends gibt's noch ein Glas Kalifornischen Rotwein in einer Hotelbar in der Nähe von *Finney's*. Nur noch drei Tage *California*!

18. Oktober: Blöde – mein letzter Tag und Schlechtwetter! Den Nachmittag verbringe ich mich Robert, seinem besten Freund und seiner Schwester im Garten von Roberts Eltern. Sie schenken mir zum Abschied einen Lotterieschein – und ich gewinne fünf Dollar, dafür kaufe ich eine Flasche guten Kalifornischen Wein für zu Hause in Innsbruck. Am Abend ist dann noch „großes Abschied nehmen" im *Hennessey's*. Fast alle sind da, auch Larry, meine Lieblingsmusiker spielen, und es wird sehr lustig. Larry bestellt für mich bei der Band einen Song: *Yesterday* von den Beatles, weil er ab morgen immer nur an *yesterday* denken wird müssen, den Tag an dem er mich das letzte Mal hier im Hennessey' getroffen hat, meint der charmante Schmeichler, alle lachen, sein Musikwunsch für mich wird prompt erfüllt. Erst weit nach Mitternacht gehe ich nach Hause. Dass es mir jetzt doch schwerfällt, all die neuen Freunde in Kalifornien zurückzulassen und morgen nach Hause zu fliegen, daran hätte ich noch vor ein paar Tagen wirklich nicht gedacht.

19. Oktober: Schon beim Aufwachen bin ich nervös, meine übliche Reiseangst. Ich geh noch ein letztes Mal am Strand spazieren, ins *La Playita*, ein letztes Mal die schräge Kaffee-Maischips-und-Salsa-Sauce-Mischung, Eric bringt mich um vierzehn Uhr zum Flughafen. Kurz bevor wir abfahren, steht Gordon plötzlich im Garten an der hinteren Küchentür, er will mit zum Flughafen. Eric hätte früher losfahren müssen, ich fürchte, es könnte dann zu spät sein beim Einchecken, und es gibt keinen Fensterplatz mehr. Eric nimmt sich nicht einmal mehr die Zeit, bis zu meinem Abflug zu warten. Er geht, lächelnd und mit der Bemerkung, er überlässt mich jetzt den sicheren Armen von Gordon. Ich könnte ihn dafür zerreißen vor Wut. Der Abschied von Gordon ist voll von Leidenschaft – seinerseits – und das vor allen Leuten! Im Flugzeug habe ich doch Glück und bekomme noch einen Fensterplatz, sogar eine ganze Sitzreihe habe ich für mich. Beim Start habe ich wieder unbeschreibliche Angst. Hoffentlich geht alles gut. Tut es auch! Nach fast zwölf Stunden Flug landen wir sicher in München. Zum krönenden Abschluss fahre ich im Flughafentaxi - reingequetscht mit sieben Männern - Richtung Innsbruck.

Einige viele Jahre später: Steven, Larry und Robert haben mich tatsächlich alle drei während der nächsten Monate in Innsbruck besucht.

Mit Gordon entstand ein über viele Jahre andauernder, reger Briefwechsel. Auf meinen letzten Brief, in dem ich ihm von der für mich wunderbaren

Neuigkeit erzählt habe, dass ich ein Baby erwarte und bald heiraten werde, bekam ich keine Antwort – er hat sich nie wieder bei mir gemeldet.

Eric und Dolores bekamen zusammen noch weitere vier Kinder, nach der Geburt ihres sechsten Kindes haben die beiden dann endlich geheiratet.

***

Margit Helga Hosp

geboren 1955 in Innsbruck, lebt seit 2005 in Völs.
Seit frühester Jugend beschäftigt sich die Künstlerin mit Literatur und Malerei. Bevor sie sich ganz dem Schreiben widmete, war sie hauptberuflich als Alleinerzieherin von zwei Kindern, brotberuflich als Rechtsanwaltsassistentin tätig.
Ihre Kurzgeschichte **„Auf flachen Sohlen auf und davon"** wurde beim **„Schwazer Silbersommer 2013"** mit dem **Ersten Preis** ausgezeichnet.
„Märchen alles nur Märchen" ihr erster Roman, erschien im April 2015.

Mein Dank gilt auch dieses Mal im Besonderen meinen beiden Kindern und meinen Freunden, die mich auch bei diesem Buch wieder mit viel Geduld und Ausdauer unterstützt haben.

Margit Helga Hosp

Märchen, alles nur Märchen
oder Die Rache der Kröten

In einem Mix aus Essay, psychologischem Entwurf und historischer Abgleichung erzählt die Protagonistin von einer nicht immer nur sonnigen Kindheit und findet schon bald heraus, dass da einiges, was ihr über Männer und Frauen gesagt wird, nicht stimmt und zusammenpasst. Das immer wieder in ihrer Gedankenwelt auftauchende Teufelchen macht sich provozierend und ironisch seine eigenen Gedanken...

Amüsant, munter und erfrischend liest es sich durch diesen Bildungsroman, in dem lose die chronologischen Entwicklungen der Heldin von der Kindheit in den strahlenden Fünfzigerjahren, der Aufbruchsstimmung in der Wirtschaft, erzählt wird, bis hin zu den kräftezehrenden Durchhalteanforderungen an eine allein erziehende Mutter.

Märchen, alles nur Märchen
Verlag und Herstellung: BoD, Book on Demand, Norderstedt
Hardcover 144 Seiten ISBN 9 783734762192, € 18,00
Taschenbuch 144 Seiten, ISBN 9 783739211633, € 7,99,
E-Book € 5,49
Erhältlich direkt beim Verlag, allen Online-Buchhandlungen und in Ihrer Lieblingsbuchhandlung.